JORNADA PARA FAR LANDS

KAREN ALVARES

1ª edição

Editora Draco

São Paulo

2016

Karen Alvares
Conta histórias para o papel há tanto tempo que nem lembra quando começou. Autora da duologia *Inverso* (2015) e *Reverso* (2016), do romance *Alameda dos Pesadelos* (2014) e organizadora de *Piratas* (2015), foi também publicada em revistas e antologias de contos como *Boy's Love - Sem preconceitos, sem limites* (2015), *Dragões* (2012) e *Meu Amor é um Sobrevivente* (2013), e premiada em concursos literários nacionais. Apaixonada por mundos fantásticos, histórias de terror, chocolate e gatinhos, vive em Santos/SP com o marido e cria histórias enquanto pedala sua bicicleta pela cidade.
Blog papelepalavras.wordpress.com Twitter e Instagram @karen_alvares

Publisher: Erick Santos Cardoso
Revisão: Ana Lúcia Merege
Produção editorial: Janaina Chervezan
Capa e arte: Ericksama

Dados Internacionais de Catalogação na Publicação (CIP)
Ana Lúcia Merege 4667/CRB7

A 473

Alvares, Karen
Jornada para Far Lands / Karen Alvares. – São Paulo : Draco, 2016.

ISBN 978-85-8243-189-4

1. Ficção brasileira I. Título II. Série

CDD 028.5

Índices para catálogo sistemático:
1. Ficção : Literatura brasileira 869.93

1ª edição, 2016

Editora Draco
R. César Beccaria, 27 – casa 1
Jd. da Glória – São Paulo – SP
CEP 01547-060
editoradraco@gmail.com
www.editoradraco.com
www.facebook.com/editoradraco
Twitter e Instagram: @editoradraco

Para Felipe,
meu Player 2 no mundo real.

1 – COOOl_Gunter

Só cinco minutos tinham se passado quando Davi olhou — pelo que devia ser a vigésima vez — para o relógio digital amarelo e preto que se destacava em seu pulso direito. O garoto batucou na carteira, impaciente, rosnando de tédio. O motivo? A aula mais chata de todas: ciências. Por que, POR QUE ele tinha que saber que protozoários eram "organismos eucariontes"? Credo.

O tempo só podia ter parado. Não havia outra explicação: ele estava preso em um vórtex temporal muito louco, tipo o daquela série britânica da caixa e do doutor-que-não-era-médico que sua irmã mais velha assistia. Melissa A-MA-VA aquela série. Ela dizia desse jeito mesmo, em CAPS LOCK, toda santa vez que ele reclamava que era seu horário de assistir TV (pra ver Hora da Aventura, na maior parte do tempo). Mel ficava doida por causa daquela série. A verdade é que ela era um pé no saco na maior parte do tempo (geralmente irmãos mais velhos são), mas era mais ainda quando não queria liberar a TV. Tudo bem que ele poderia assistir no computador, mas a TV tinha 39 polegadas e era bem mais legal.

Davi só queria que o tempo passasse depressa para poder ir logo pra casa, abastecer o tanquinho com a comida gostosa de sua mãe e então, finalmente, jogar Minecraft. Naquele dia, quarta-feira, ele tinha exatamente 35 minutos para jogar, já que tinha natação às três da tarde. Ele até que gostava da natação, principalmente quando já estava dentro da piscina. O que não gostava mesmo era de perder tempo de jogo por causa dela. Na volta, Davi tinha que fazer a lição de casa, jantar, ver TV com os pais (era tradição), dormir... Ufa! Aí já viu, né, Minecraft de novo só na quinta-feira à tarde.

Se havia uma coisa que Davi adorava fazer era jogar Minecraft. Ele até aguentava ficar sem ver seus programas na TV por um dia quando sua irmã resolvia fazer maratona de séries (e chega um certo momento em que não dá mais para um garoto de 13 anos continuar teimando com sua irmã de 16; ela era mais velha e, mesmo que isso seja uma droga, em alguma hora a idade acaba vencendo).

Ele até suportava ficar sem fazer algumas coisas, como tomar refrigerante durante a semana (outra regra da casa), mas algo que ele não aguentava mesmo era ficar sem jogar, nem que fosse apenas meia hora por dia.

Davi simplesmente adorava construir. Era um trabalho duro e demorado, mas, quando ele deixava seu castelo de pedra e o olhava de longe, enorme e poderoso, com suas tochas acesas e suas torrinhas quadradas despontando sob o céu azul de Minecraft... Não tinha como não ficar embasbacado. E era tudo fruto do seu próprio esforço, das inúmeras horas que tinha passado minerando e construindo, minerando e construindo.

Ele ainda se lembrava do início, quando era um *noob* no jogo, pouco mais de um ano antes. Davi até ria ao se lembrar de como era patético: ele achava que devia, antes de tudo, lutar e enfrentar os monstros e usuários. Coisa de *noob*. O garoto tinha morrido tantas vezes e perdido tantos itens que passara uma semana sem jogar (seu recorde pessoal em ficar longe de Minecraft). Mas finalmente se rendeu, fez uma boa pesquisa na internet e em fóruns e descobriu que a melhor tática era construir. Agora sim ele sabia como Minecraft funcionava de verdade, melhor do que ninguém, talvez melhor que todo mundo na cidade de Santos! Bem, pelo menos com certeza melhor do que todos os seus amigos da escola, que ainda eram fascinados pelas batalhas. Nenhum deles tinha um castelo tão grande quanto o dele, rá!

Quando Davi se deu conta, distraído que estava desenhando seu castelo quadriculado nas linhas do caderno, a professora chamava seu nome. André, seu melhor amigo, teve que dar um cutucão no seu braço para que acordasse do devaneio. O amigo estava fazendo gestos frenéticos, abaixado sobre a carteira, indicando a professora, que encarava Davi com uma expressão de bem poucos amigos. O garoto engoliu em seco, sentindo as bochechas quentes de vergonha ao perceber que metade da sala abafava risadinhas.

— Davi, que estava rabiscando no caderno e claramente prestando *muita* atenção à aula, pode nos dizer em que ambientes os protozoários são frequentemente encontrados?

— Erm... — *com certeza não em Minecraft*, ele pensou depressa, tentando encontrar algo esperto para dizer. Pelo canto do olho viu Minako, aquela japonesinha sabe-tudo irritante, que ele detestava desde a ponta dos cabelos lambidos até as sapatilhas coloridas, levantar a mão bem alto. Quando ela fazia isso daquele jeito abominável e presunçoso, Davi costumava imaginar que ela era um Endermen gosmento se esticando até o teto.

— Professora, os protozoários são encontrados principalmente na água — ela disse, com aquela vozinha fina e CDF que possuía.

Água. O que Davi queria mesmo naquele instante era ter um grande balde para jogar água bem no meio do sorriso presunçoso daquela garota Endermen. Ah, e uma espada de diamante também seria bem legal.

— Muito bem, Minako — disse a professora, toda derretida. Ugh! E depois, virando-se para Davi: — E você, Davi, preste mais atenção à explicação na próxima aula. Isso vai cair na prova, pessoal!

Por sorte, o sinal tocara naquele exato momento, libertando-o de mais um dia terrível na escola. Mas nem o final da aula animava Davi. Ele ainda conseguia ver Minako sorrindo para ele de um jeito irritantemente superior do outro lado da sala, enquanto juntava seu material escolar colorido e ria com as amigas. Aquela garota era muito chata mesmo!

E o pior: ela fazia natação com ele no mesmíssimo lugar e horário, e isso significava que, não bastasse vê-la todos os dias de manhã na escola, ainda ficava mais uma hora na mesma piscina com ela todas as quartas e sextas. O que ele tinha feito pra merecer isso? Tomado Coca-Cola na sopa primordial?

Por sorte, Davi tinha um amigo como André para apoiá-lo. Percebendo a cara feia dele, André deu tapinhas nas suas costas e disse, conciliador:

— Relaxa, cara. Eu também nem faço ideia do que são os protozoários. Viajei legal nessa aula. Te entendo.

— Não é isso. É que aquela chata da Minako é muito metida.

— Ah, isso — André espiou por cima do ombro as garotas saindo da sala, suas vozes ecoando pelo corredor afora. Uma das meninas deu tchau para ele, era amiga sua desde sei lá quando. O amigo se distraiu por alguns segundos, mas logo balançou a cabeça e revirou os olhos. — Deixa pra lá, garotas são assim, chatas mesmo. Elas levam a escola muito a sério.

Davi e André concordavam em várias coisas e se davam muito bem. Eram amigos desde a quinta série, quando entraram juntos no colégio particular, ambos vindos da escola pública. Foi quando uniram forças, já que tinham algo em comum. Mas se havia uma coisa em que eles eram muito diferentes era nisso: enquanto André era o cara mais desligadão da face da Terra, Davi era o garoto mais esquentado do universo. Por isso mesmo ele curtia construir em Minecraft, era uma das únicas coisas que o acalmavam.

E Minako Miyamoto era como o carvão que acendia sua tocha de fúria. Chatona e metida demais. Hunf!

Mas era melhor tentar não pensar mais naquilo. Ele tinha um almoço quentinho o esperando em casa e alguns minutos preciosos de Minecraft.

Davi deixou a escola com André e o acompanhou, empurrando a bicicleta até o ponto de ônibus. O amigo costumava pedalar com ele no caminho de volta para casa, mas no mês passado sua bike tinha sido roubada e ele agora precisava andar de ônibus, pelo menos até seu aniversário, em junho, quando já tinha decidido pedir uma bicicleta nova para os pais. Os dois conversaram um pouco, primeiro inventando xingamentos para as garotas da classe, depois falando sobre Minecraft. André, que na vida real era tão desligadão, adorava uma boa batalha no jogo, por isso vivia morrendo e perdendo seus itens. Ele tinha um abrigo furreca – se é que se podia chamar assim – em comparação ao castelão de Davi.

— Vai logar hoje depois do almoço? — Davi perguntou, ao mesmo tempo que um ônibus virava na esquina da rua.

— Nada. Vou sair com a minha mãe, comprar umas roupas no Gonzaga. Ela tá me enchendo que eu sempre ando com as mesmas camisetas.

— Que pé no saco.

— Total. De repente eu acho uma camiseta de zumbi por lá, te aviso. Vou lá que chegou meu busão!

— Então a gente se vê na escola amanhã.

— Te mando Whats pra matar o tédio quando tiver minerando roupas por aí! — André disse, apressado, correndo para apanhar o 19, que o levaria até o canal 2, onde morava.

Davi acenou e subiu na bike, acessando a ciclovia da praia. Ele morava no Boqueirão, quase no canal 5, mas estudava na Ponta da Praia. Tinha conseguido uma bolsa de estudos, o que ajudava os pais a pagarem a escola. Não que fosse uma fera nos estudos, não era nenhum sabe-tudo metido, que ficasse bem claro, mas até que fazia sua parte. Exceto quando se tratava de protozoários e coisas do tipo nas aulas de ciências. Gostava mesmo era de matemática e geografia, e já tinha dito aos pais que seria engenheiro quando crescesse. Assim como era em Minecraft.

Pedalou depressa e chegou a sua casa em tempo recorde. Foi

Melissa, com muita má vontade, quem atendeu ao interfone do pequeno prédio de três andares (ele ainda não tinha as chaves de casa, seus pais diziam que era uma conquista para seus quinze anos, e Melissa adorava esfregar seu molho de chaves com um ursinho pendurado na cara dele).

— Quem é?!

— Sou eu, chatona.

— Eu quem?

— Não enche!

— Melissa, abra a porta para seu irmão!

— Ah, meleca. Entra logo, peste.

Ele subiu correndo os três lances de escada e chegou esbaforido à porta de casa.

— Manhê, o Davi tá largando a mochila de qualquer jeito na sala! — Melissa foi logo dizendo, esparramada no sofá, mexendo no celular, sem nem olhar para ele.

— Davi, leve sua mochila para o quarto e venha almoçar!

Ele foi recebido com um beijo pela mãe, que estava atarefada na cozinha. Os cabelos muito vermelhos dela caíam sobre seus olhos enquanto lavava louça, o mesmo tom de ruivo que Davi tinha herdado.

— Dedo-duro! — Ele chiou quando passou por Melissa na sala.

— Peste!

Davi carregou a mochilona pesada até seu quarto e jogou-a na cama. Tirou de qualquer jeito sua cotoveleira e a joelheira que usava para andar de bicicleta, e olhou sonhadoramente para o computador. Não dava, sua mãe já estava chamando (e sua barriga também). Muito bem, comida primeiro, diversão e jogos mais tarde! Seu usuário na vida real bem que podia se valer de um bom filé e um bolo de sobremesa.

Coool_Gunter logado na área, corram por suas vidas, zumbis! Ou suas mortes!

Davi estalou os dedos e começou a jogar, animadaço. Como quase sempre acontecia, após a mensagem de "Construindo Terreno", seu usuário apareceu no meio de uma sala confortável, o maior e melhor aposento de seu enorme castelo. O garoto quase podia sentir a maciez das fibras do carpete que pisava. Sorriu ao observar sua obra. Ele podia jogar todos os dias, mas nunca deixava de se maravilhar com o que se podia criar em Minecraft, e aquela sala era um ótimo exemplo.

Havia uma lareira elegante, com Netherracks que queimavam infinitamente. Estantes cheias de livros e quadros enfeitavam as paredes. Um enorme sofá ficava em frente à lareira, com um tapete de lã vermelha gigante que com certeza seria muito confortável se existisse também na sala do apartamento em que morava com os pais e a irmã. Havia duas escadarias que levavam ao segundo andar da sala (*Yes! Like a boss!*) e portas com placas que indicavam os demais aposentos do castelo. Lustres pendiam do teto, completando o ar medieval. E, para completar, as alavancas nas paredes estavam sempre a postos para abrir e fechar os portões (e algumas armadilhas também).

Sim, podem admitir, Coool_Gunter é o cara!

Coool_Gunter passou pelas portas e subiu uma das escadas para a sala de armas, onde conferiu o HP da armadura, se estava equipado com as poções de costume, comida e, claro, as armas e a maravilhosa picareta de diamante. Sua ideia era minerar um pouco, coletar alguns itens e completar a suíte do quarto de hóspedes. Talvez depois disso fortificasse a torre oeste, ele ainda achava que havia certos pontos fracos lá em cima.

Foi quando estava abrindo os portões ao sul que recebeu a mensagem mais esquisita que já tinha visto em Minecraft:

SOS

Alcance o portal.
Cruze o Nether.
Tente sobreviver, se puder.
Não morra!
Venha para Far Lands.

SOS

A mensagem se repetia várias vezes, em português e inglês (o que talvez significasse que o usuário era brasileiro?). Coool_Gunter não sabia dizer. Ele tentou esconder a mensagem, mas elas vinham aos montes, repetindo sem parar, em um fluxo tão rápido que seu computador chegou a ficar lento. O mouse não se mexia mais e ele não conseguia se mover dentro do jogo. O que era aquilo? Davi digitou alguns comandos no teclado, mas nenhum deles funcionou. Quando já estava se desesperando, pensando em desligar o computador direto na tomada (seu pai ficaria furioso se desse algum problema, era a máquina dele!), as mensagens pararam e apenas uma apareceu no seu monitor.

Era o endereço de um servidor de Minecraft.

2 – SuperSailorVChan

SOS

Alcance o portal.
Cruze o Nether.
Tente sobreviver, se puder.
Não morra!
Venha para Far Lands.

SOS

SuperSailorVChan ficou olhando a mensagem, hipnotizada. Se a espada de diamante estivesse na sua mão, na sua *mão de verdade*, certamente já teria caído no chão. Bem, não, ela era uma usuária experiente, uma lutadora, e não ia se abalar com uma mensagem como aquela. Ou ia?

E o que significavam aquelas palavras? Uma mensagem de socorro, ao que parecia, mas e quanto àqueles versos no meio? As palavras se repetiam sem parar na tela até que o computador ficou superlento e Mina teve medo de que fosse pifar. Sua irmã ia lhe dar uma bronca daquelas se isso acontecesse! Era o computador que as duas dividiam e, apesar de se darem bem, Megan ia ficar muito brava se perdesse os trabalhos da faculdade que fazia ali. Há um limite para o quanto uma irmã mais velha de 19 anos é compreensiva com a irmã de 12.

— Mina! Larga esse computador e se troca, depressa! Preciso passar no correio antes de te deixar na natação!

Era a voz do seu pai, Renato, ecoando pelo apartamento até encontrar Mina no quarto da irmã. Quando Mina era criança, as duas dividiam um quarto no outro apartamento, mas quando se mudaram, alguns anos antes, as irmãs ganharam quartos separados, e o computador ficava no quarto de Megan. Droga, droga! Ela precisava desligar aquela porcaria! Conseguiu mexer o mouse, talvez perdesse as coisas que tinha feito nos últimos minutos, mas era isso ou deixar o pai esperando. Mas, antes que conseguisse fechar a janela, o endereço de um servidor de Minecraft que ela nunca tinha visto apareceu na tela.

Pensando rápido, Mina anotou o endereço num papel na mesa da irmã e guardou no bolso do shortinho. Depois ela visitaria o servidor e descobriria que maluquice era aquela.

Assim como Sailor Vênus, SuperSailorVChan era uma guerreira e uma detetive! Ela investigaria aquele mistério mais tarde.

Mina trocou depressa a roupa de casa pelo maiô, pegou seus óculos de natação, a touca e a toalha e saiu correndo atrás do pai, que já estava abrindo a porta, com sua cara de "você-está-atrasada--menina" estampada no rosto redondo.

— Foi mal, pai...

— Você não larga mais esse computador, Mina — ele disse, enquanto fechava a porta e chamava o elevador. — Desde que eu comprei esse jogo pra você, parece que ficou fascinada por ele.

— Mas é tããããão legal, pai!

— Só espero que isso não atrapalhe seus estudos.

— Ah, eu aprendo fácil, você sabe.

— Tá é muito espertinha, isso sim, garotinha! – ele disse, bagunçando seu cabelo. Ela não sabia se gostava ou se incomodava com aquilo. Resolveu que naquele dia em particular não gostava, afinal já estavam na garagem e o vizinho do apartamento 43 por quem ela tinha uma quedinha vinha chegando da escola com a mãe.

— Paiê, eu já tenho quase 13 anos!

— "Quase" ainda não é! Você tem 12 anos, menininha.

— Hunf... – ela resmungou, observando com o canto dos olhos o garoto acessar o elevador atrás da mãe. Nem sequer virara o rosto ou dera algum sinal de tê-la visto. Ignorada-da-da. Ai, ai, era melhor assim mesmo. Ela ficava apavorada só de pensar em ele notar alguma coisa.

Mina fazia natação desde criança. Seus horários agora eram às quartas, sextas e também aos sábados à tarde. Ela podia ser péssima em educação física na escola (sempre era a última a ser escolhida na queimada ou no futebol), mas era ótima em natação. Era injustiça que a educação física não incluísse natação, e aí, se você ia mal porque não gostava de nada daquilo, as pessoas diziam que você não era boa em esportes. Mas Mina, modéstia à parte, era ótima nadando, participava de campeonatos e tudo, tinha quatro troféus e estava treinando para mais uma competição em julho.

Só tinha um problema na natação: Davi.

Enquanto alongava os braços na beira da piscina, alguns minutos mais tarde, depois de o pai ter resolvido as coisas na rua e deixando-a ali em seguida, Mina se ocupava em encarar com fúria o garoto mais chato do universo, que acabava de entrar no ginásio, agindo como se fosse o dono do lugar.

Davi Souza era um tremendo de um metido. E ele não tinha nenhum motivo para ser! O garoto nem tirava notas tão boas quanto ela na escola e parecia que vivia no mundo dos sonhos na maioria das aulas, especialmente nas de ciências e português. Nessa última, ficava trocando bilhetinhos com André, seu amigo, que outro chato, mas não tanto quanto Davi (porque era humanamente impossível conseguir ser mais irritante que ele, claro). Os dois viviam implicando com Mina e suas amigas na escola. E, pra completar, Davi ainda tinha que fazer natação com Mina. Um saco!

Mina passou a alongar as pernas, para frente e para trás, encostando os tornozelos no bumbum, ainda observando aquele moleque chato. Ele era tão espaçoso se alongando! Era quase um Creeper, só faltava explodir tudo ao redor para conseguir mais espaço para os braços e as pernas compridas. Ele até parecia meio verde, para falar a verdade. Ai, que raiva, que raiva!

— Muito bem, galera, separem-se nas raias! – gritou a professora Clara, que também era treinadora de Mina nos campeonatos. Ela era muito bacana. Aproximou-se de Mina e disse baixinho em seu ouvido: — Minako, quando terminar de se alongar já pode mergulhar como treinamos no sábado e aquecer uma volta *crawl* junto com os colegas, certo?

Mina sorriu, orgulhosa, e fez questão de olhar para Davi para ver se ele estava escutando. Pela tromba na cara, estava sim. Oba! E então, para os outros alunos, a treinadora disse:

— O restante de vocês, não quero ninguém mais mergulhando, mas quero a volta de aquecimento em nado *crawl*!

— Isso é injusto, professora! — Mas tinha que ser o Davi mesmo para reclamar, aquele invejoso! — Por que só a Minako pode mergulhar?

— Porque ela está treinando aqui há nove anos, Davi – a treinadora explicou pela milésima vez, com uma paciência de admirar. — Quando você estiver aqui por todo esse tempo, vai poder fazer também.

Ele cruzou os braços, emburrado. Que criança! Só para provocar, quando a treinadora Clara se afastou, Mina sorriu e disse:

— E ela nem falou que eu tenho quatro troféus e um deles é do campeonato nacional!

— Sua chata exibida! Você não é de nada!

Mina mostrou a língua discretamente e, melhor que isso, saltou na piscina em um mergulho que deveria parecer espetacular, mas que espirrou mais água do que ela gostaria. Tomara que Davi não tivesse notado. A garota decidiu por simplesmente ignorá-lo. Afinal, tanto fazia o que ele pensava, e além do mais a água estava ótima e ela tinha uma piscina inteira à sua frente para nadar.

* * *

Mina agitava as pernas para frente e para trás, sentada sobre o muro da academia, enquanto esperava a irmã chegar. Ela preferia ir para casa sozinha (afinal, já tinha quase 13 anos!), mas seu pai não deixava, dizia que a academia era muito longe e que Mina era muito nova para andar sozinha grandes distâncias. Por isso, ela tinha que esperar Megan sair do estágio e passar para pegá-la, o que ainda demorava uma meia hora depois do treino terminar. A injustiça daquilo era que Mina nem podia ficar de bobeira conversando ou nadando porque tudo era feito num *vapt-vupt*: Megan parava ao lado da calçada, Mina saía correndo e subia no cano (era desconfortável, mas ela até que estava acostumada), e as duas saíam quase voando na bicicleta até em casa. Megan tomava banho, se trocava, engolia qualquer coisa e saía voando de novo para a faculdade. Mina acabava ficando sozinha esperando o pai chegar em casa do trabalho.

Nesses momentos, às vezes, Mina se sentia um pouco sozinha. Era quando pensava na mãe, que tinha falecido quando ela ainda era muito pequena e da qual pouco se lembrava. Havia um retrato dela na mesa do computador, que Mina ficava olhando por um tempão até perceber que já tinham se passado vários minutos e ela tinha coisa para fazer, como a lição de casa, por exemplo. Mas, no final, ficava tudo bem. Mina tinha o pai e a irmã, e eles eram tão legais e carinhosos que a saudade da mãe ia embora tão depressa quanto tinha chegado.

Minecraft ajudava nesses momentos. Mina passava horas e

horas jogando enquanto esperava o pai e a irmã voltarem para casa. Tinha sido assim que começara a jogar, aliás, um ano antes. SuperSailorVChan logava no servidor e todo mundo corria de medo. Ela era uma Sailor Senshi, afinal, como Minako, a Sailor Vênus, e botava para quebrar no PvP e contra os monstros. Não ligava muito para construir, apenas fazia vários abrigos em pontos estratégicos para se proteger e guardar as armas e equipamentos.

Antes, porém, de acessar o servidor ao qual normalmente se conectava, Mina parou e pensou naquela mensagem que tinha recebido mais cedo. Correu até seu quarto e vasculhou o shortinho que estava usando de tarde. O papel ainda estava lá, meio amarrotado. Será que ela devia acessar? E se fosse uma armadilha de algum jogador espertinho? Bem, no mínimo ela poderia entrar e dar uma olhada nas informações do servidor para saber mais. Quem sabe uma busca na internet não revelava alguma coisa?

Ela se decidiu pela segunda opção e, antes de abrir o Minecraft, usou o navegador para procurar o servidor no Google. Digitou o endereço na barra de busca e pressionou ENTER, sentindo as mãos começarem a suar. O Google sempre tinha as respostas, mas, daquela vez, nenhum resultado foi retornado. Impossível! Como assim? Era bizarro!

Mina decidiu tentar usar o servidor através do Minecraft. Ela podia só dar uma olhada e pronto, certo? Digitou o endereço certinho e adicionou o servidor. Ele demorou um tempo para retornar as informações, mas, quando finalmente o fez, a menina sentiu um arrepio esquisito na espinha. Havia um limite para apenas três jogadores e dois estavam conectados no momento. Só restava um jogador. Se ela quisesse se conectar, tinha que ser agora.

Sentindo as mãos geladas e ainda mais molhadas de suor, ela decidiu acessar.

Não foi uma boa decisão.

3 – COOOl_Gunter

No mesmo instante em que Davi se conectou ao servidor, a tela ficou preta e ele sentiu um formigamento por todo o corpo. A vista ficou embaçada, como acontecia quando ele estava doente e ia vomitar. Será que ele ia vomitar? Tentou se levantar e correr para o banheiro, mas as pernas pareciam coladas e ele não conseguiu se mexer. *O que estava acontecendo?*

Davi fechou os olhos e quando os abriu tudo estava quadriculado. Ele olhou ao redor, espantado, e viu as nuvens brancas no céu, as árvores, os lagos... Só que tudo era em formato de blocos, exatamente como um cenário de Minecraft. Mas hein?! O garoto olhou para baixo e viu o mesmo: blocos quadriculados onde deveriam estar seus pés e seus dedos. A mesma coisa com as mãos. Era impossível! Só podia ser um sonho maluco ou algo assim. Não podia... Ele não podia... Davi não era mais um garoto, mas sim Coool_Gunter?

E estava dentro de Minecraft!

Era maluquice! Uma grande piração. Ele se abaixou e bateu a mão várias vezes na terra até que um bloquinho saltou e, de alguma maneira que ele não entendia, o bloco tinha ido parar no seu inventário, fazendo um barulhinho familiar.

Coool_Gunter sentiu seu coração bater depressa, apesar de provavelmente ele também ser só mais um quadrado dentro do seu peito. Como poderia estar dentro de Minecraft? E, mais importante, como faria para voltar pra casa?!

— Ok, ok, respire, Davi. Ou melhor, Coool_Gunter. Vamos lá, você consegue. Onde estou?

Olhou ao redor. O sol quadrado brilhava alto no céu, o que era bom. Afinal, estava sem sua armadura e suas armas, e os monstros não atacavam de dia, pelo menos não tanto como faziam à noite. Ele decidiu que primeiro devia coletar madeira e, se algum monstro aparecesse, daria no pé rapidinho. Tentou correr e, ouvindo seu comando, seu usuário fez o mesmo, exatamente como no jogo.

Coool_Gunter se aproximou de algumas árvores e começou a minerar. Rapidamente, produziu uma mesa de trabalho, uma espada e uma picareta. Era melhor que nada. Só então se permitiu olhar ao redor, tentando reconhecer o lugar.

Parecia um local qualquer onde um novo mundo começava. Era um bioma de floresta, com árvores e até mesmo alguns animais. Coool_Gunter deu um pulo quando uma ovelha passou ao seu lado, balindo alto. Ele hesitou por um instante: ela parecia tão real, apesar de quadrada. Mas ele precisava se equipar para passar a noite e não tinha uma tesoura que pudesse usar para pegar a lã sem matá-la. Não havendo outro jeito, Coool_Gunter usou a espada e, em dois golpes, viu a ovelha cair e seu corpo ficar vermelho até sumir, deixando no lugar um pequeno bloco de lã. O grito dela de sofrimento não tinha sido nada agradável. A gente não pensa em nada disso quando veste um moletom bacana, mas a lã vem de algum lugar, tanto no Mundo da Superfície quanto no mundo real. O hambúrguer e o bacon também, e ele se sentiu igualmente horrível quando teve que matar uma vaca e um porco pouco tempo depois.

Ele voltou a explorar, tentando tomar a direção na qual achava que ficava seu castelo. Talvez em dois ou três dias de jogo ele conseguisse chegar lá, com sorte, se estivesse certo quanto às coordenadas. Mas não podia ficar esse tempo todo desabrigado, logo o sol ia cair e ele precisaria se proteger. Os monstros apareceriam com certeza. E se ele fosse ferido? E se ele, sei lá, *morresse*?

Tente sobreviver, se puder.
Não morra!

Ele se lembrou da estranha mensagem que recebera mais cedo e que travara o computador. Droga de curiosidade! Por que ele fora entrar no servidor misterioso? Ele nem deveria estar jogando, deveria estar vendo TV com a família e brigando com a irmã mais velha pela melhor almofada do sofá. Mas aquela mensagem ficou martelando na sua cabeça o dia inteiro e ele tinha voltado tão frustrado da natação! Em algum momento, caíra na besteira de competir 200 metros com Minako e, claro, tinha perdido de lavada, a garota parecia a droga de um Blastoise desembestado enquanto ele estava muito mais para um Psyduck para lá de desengonçado! Mas que droga!

Então ele parou para pensar: que mal faria acessar o servidor, certo? Resolveu se conectar naqueles dez minutinhos entre o jantar e a reunião em frente à TV. Era rapidinho! Davi sequer piscou ao ver que o servidor tinha um limite de apenas três jogadores e ele era o segundo a se conectar. Só foi pensar no quanto isso era suspeito mais tarde, quando a coisa toda já tinha acontecido. Quando deu por si, já tinha clicado, e agora estava ali, naquele sonho maluco dentro de Minecraft.

— Muito bem, meu irmão — ele disse para si mesmo, tentando imaginar a voz de Jake, o Cachorro, em sua cabeça, tentando acalmá-lo, assim como fazia com o Finn quando ele surtava perto do oceano. — Não se desespere. É só minerar, coletar algumas coisas, achar uma parede legal e fazer um abrigo. Só. Isso.

Ele continuou minerando árvores e pedregulhos, criou uma picareta de pedra e até encontrou uns seis blocos de minério de ferro e alguns pedaços de carvão, o que era melhor que nada. Podia fazer algumas tochas e quem sabe um pedaço de armadura para se proteger. Estava pensando nisso, observando o sol descer no céu quadriculado, quando ouviu um *clec clec* que só podia significar uma coisa: aranhas.

E não era uma só, eram três! Quando Coool_Gunter se virou, não conseguiu reprimir um grito de susto. Pegou rapidamente a espada de madeira (droga, droga, por que ainda não tinha feito uma de pedra? Que grande *noob* estava se saindo!), empunhou-a e observou o trio de aranhas vir em sua direção. Estava encurralado entre um pequeno monte e as aranhas, sem blocos onde pudesse subir rapidamente e fugir. Teria que enfrentá-las, mas DETESTAVA aranhas. Elas eram rápidas e, quando se dava conta, já tinham enfiado as presas na sua carne. Putz, ele só queria seu castelo e suas coisas de volta! Que droga de servidor era aquele, que maluquice toda era aquela?

— Ei, suas bobonas! Venham enfrentar gente grande!

Era uma garota com uma *skin* da roupa de uma das guerreiras de Sailor Moon (hein?!) e ela segurava uma brilhante espada de ferro, que empunhava com firmeza. Tinha olhos determinados, fixos no inimigo, e uma armadura completa, também de ferro. As aranhas hesitaram por um momento, mas, depois que a garota deu dois golpes rápidos, matando a primeira, as demais partiram para cima dela com tudo. No entanto, a garota era mais rápida; logo já tinha retalhado os monstros e estava coletando linha e olhos que elas tinham deixado para trás. Ainda aturdido com a mudança repentina de cenário, Coool_Gunter observou o nome que flutuava em cima da garota: SuperSailorVChan.

Pode não ter sido a melhor coisa a se dizer, mas a primeira ideia que passou pela cabeça de Coool_Gunter foi perguntar:

— Você é fã de Sailor Moon? É um anime de menininha e tããão velho!

— Ei, seu idiota! Eu acabei de salvar sua vida! — a garota protestou, exasperada. — E fique sabendo que Sailor Moon é um anime incrível sobre garotas guerreiras que chutam bundas bem melhor que você! — Ela tinha falado aquilo muito, muito depressa. Por alguma razão, Coool_Gunter não conseguia registrar bem a voz dela; parecia algo metalizado, sei lá, talvez produzido por computador. Imaginou se sua voz também soava assim. A garota ainda completou: — E tem um *remake* do anime, Sailor Moon Crystal, então não tem nada de velho por aqui, ok?

Coool_Gunter ficou parado por alguns segundos, a espada de madeira parecendo triste na sua mão, enquanto observava a usuária depois de todo aquele discurso sobre um anime japonês que era jurássico. Mas talvez não adiantasse discutir. A noite estava caindo, ele estava dentro de um servidor maluco e inacreditavelmente real de Minecraft, os monstros estavam chegando e garota era totalmente pirada.

— A gente precisa se abrigar — foi tudo que ele conseguiu dizer.

Só para piorar, tinha começado a chover. A garota olhou ao redor, parecendo ter notado aquilo também.

— Você tem uma picareta? — Coool_Gunter perguntou.

— Claro que eu tenho! — ela disse, mas então hesitou por um instante, encarando a picareta reluzente de ferro que Coool_Gunter tinha acabado de pescar em seu inventário. Parecendo meio sem graça, puxou uma picareta de madeira das suas coisas.

Patético.

— Madeira? Sério?

— E você, com sua espada de madeira, espertão?

Hadouken!

— Dane-se, vamos minerar!

Juntos, os dois rapidamente conseguiram abrir um bom espaço entre os pedregulhos. A picareta de Coool_Gunter fazia seu trabalho bem mais depressa, desfazendo blocos e mais blocos, mas ele não podia negar que a ajuda de SuperSailorVChan era providencial. Enquanto ela continuava minerando as paredes, ele começou a fechar a frente do abrigo, produziu uma porta de eucalipto, pendurou algumas tochas e logo eles tinham algo. Não era bonito, muito menos aconchegante, e ele ainda sentia muita saudade de seu castelo, mas estavam protegidos.

— Pelo menos a gente pode passar a noite agora — Coool_Gunter disse, enquanto construía uma fornalha e começava a assar os pedaços de carne e de porco que tinha reunido pelo caminho.

A garota parecia sem graça. Andou para lá e para cá, como um animal enjaulado, e então parou, olhando firmemente para Coool_Gunter.

— Foi legal me deixar ficar no abrigo. Obrigada.

Coool_Gunter não sabia que poderia corar em Minecraft, mas ou a fornalha estava muito quente, ou suas bochechas estavam fervendo. Ok, a garota podia ser pirada, mas pelo menos tinha dado o primeiro passo. Ele não podia ser um escroto agora. Pigarreou e, engolindo o orgulho, disse:

— Você contribuiu para minerar. Além disso, realmente me ajudou com aquelas aranhas.

Depois disso, ninguém mais sabia o que dizer. Passaram-se alguns minutos de um silêncio perturbador até que SuperSailorVChan perguntou:

— Você sabe que servidor é esse?

De silêncio perturbador passaram a uma tensão tão poderosa que o ar poderia ser cortado com uma tesoura, se tivessem uma. Várias coisas passaram pela mente de Coool_Gunter ao mesmo tempo. Aquela usuária também teria recebido a estranha mensagem com o endereço do servidor? Ela estaria tão perdida quanto ele, presa dentro do jogo? Ou, uma opção ainda mais assustadora, seria ela a criadora do servidor e estava apenas brincando com ele?

— Não — Coool_Gunter disse com cuidado. — Vim parar aqui depois de uma mensagem esquisita, que travou meu computador.

— Veio um endereço junto? Um endereço que nem o Google consegue encontrar?

— Bem... eu não tentei procurar no Google... — ele disse meio sem graça. — Só me conectei e...

— A tela ficou preta?

Opa.

— Foi. E depois... Tudo isso, parece tão real.

— Parece que estamos dentro do jogo, certo? — ela completou seu pensamento.

— Sim — ele respondeu, sombrio. — É apavorante, não?

— Total.

— E aquela mensagem... tinha um SOS. Será que alguém está em perigo?

Coool_Gunter não sabia como responder. Começou a construir coisas, só para ter algo a fazer com as mãos e se acalmar. Fez um baú grande, guardou algumas coisas, então começou a fabricar um elmo e um peitoral de ferro e, por fim, duas camas. Enquanto trabalhava, sentiu o cheiro de algo gostoso no ar. Cheiro? Minecraft tinha cheiro? Bem, seja lá o que rolasse por ali, era muito bom. SuperSailorVChan, então, ofereceu a ele um ensopado de cogumelos e um bolo.

— Uau! Você já achou tudo isso por aí só hoje?

Ela fez um movimento leve com os braços, que poderia ser um dar de ombros no mundo real.

— Digamos que sei onde procurar — disse, mordendo seu próprio bolo.

O silêncio estranho caiu de novo sobre os dois, interrompido apenas pelo ruído de mastigação. Era engraçado, mas a comida tinha mesmo gosto. Não era a mesma coisa do mundo real, mas era bom. Depois de terminar seu jantar, Coool_Gunter montou uma cama perto da parede e disse:

— É melhor a gente descansar.

SuperSailorVChan olhou para a cama, sem entender.

— É para você, SuperSailorVChan.

— Erm... — dessa vez era ela que parecia muito sem graça. — E você? — perguntou em seguida, meio alarmada.

— Eu?! AH! Eu vou colocar a minha do outro lado. BEM do outro lado, claro!

— Ah! Ah, bom!

— É!

E lá estava o silêncio de novo. SuperSailorVChan se virou de costas, como se fosse se deitar, mas então se virou novamente e olhou Coool_Gunter, uma expressão triste no rosto quadriculado.

— Espero não estar aqui amanhã. Quero voltar pra casa.

— Eu também... — Coool_Gunter admitiu. Era o que ele mais queria desde que caíra naquele mundo. Uma coisa era jogar Minecraft. Outra bem diferente era viver ali, com todos aqueles monstros e perigos, longe de casa, da família. Era muito doido pensar isso, mas ele até sentia um pouco de saudade de sua irmã chata.

— Ei, o Gunter do seu usuário é por causa de Hora da Aventura?

Algo se acendeu no peito de Coool_Gunter. Talvez... talvez a garota não fosse tão ruim assim e eles tivessem alguma coisinha em comum.

— Sim, é sim! Eu curto o Gunter, ele é engraçado e meio do Mal, você sabe.

Ela riu. Era um som legal.

— Sei. Mas se eu usasse um nome de Hora da Aventura seria algo a ver com a Marceline, a rainha dos vampiros! Ela é demais.

Coool_Gunter sorriu. Talvez eles pudessem trabalhar juntos, afinal.

4 – SuperSailorVChan

SuperSailorVChan abriu os olhos, assustada. O lugar estava escuro. Ela se sentou na cama, apoiando as mãos no lençol macio. Estava coberta por um edredom fofinho, que não era seu. Olhou ao redor, os olhos se acostumando à escuridão. Estava em Minecraft?

Ela respirou fundo, aliviada, finalmente reconhecendo o lugar. Não era o seu quarto, tampouco o abrigo improvisado em Minecraft que, pensando bem agora, nem devia ser real, só fruto de um sonho maluco. Estava no quarto da irmã, Megan. Devia ter adormecido ali sem perceber quando estava jogando. Olhou para o computador, a irmã provavelmente o tinha desligado. Que horas seriam?

Levantou-se de mansinho, sentindo-se confusa. Que sonho estranho! Ela se lembrava de ter procurado o servidor misterioso na internet e, por fim, decidido acessá-lo. Depois disso, a tela ficou toda preta e então... E então era como se ela estivesse dentro do jogo! Mas não poderia ser real, poderia? Ela olhou para a cama de Megan e percebeu que não se lembrava de ter saído do computador e ido para lá. Será que seu pai a tinha colocado na cama, como fazia quando era criança?

Mina arrastou os pés descalços e abriu a porta, ouvindo o som da televisão na sala. Espiou e viu que seu pai e Megan estavam assistindo a uma série americana, uma que eles não a deixavam assistir porque era muito violenta e complicada, tinha uma porção de políticos. A menina não se importava, parecia meio chato de qualquer maneira. Mas isso não importava agora. Tudo o que importava para Mina era ver o pai e a irmã ali, perto dela de novo. Estava em casa. De volta. Ela respirou fundo, sentindo um bolo na garganta, e chamou com a voz fininha:

— Pai? Megan?

Os dois olharam juntos para ela. O pai sorriu, enquanto Megan pausava a série.

— Ei, garota — o pai disse, se levantando e dando um beijo em sua bochecha. — Você acordou.

— É...

— Apagou legal na minha cama, hein? — disse Megan, ainda no sofá, mas não parecia brava. — Tava achando que eu ia ter que dormir na sua cama, Mina!

— Desculpe.

Megan deu de ombros e passou a mexer no celular. Renato bagunçava os cabelos de Mina, carinhoso, e, dessa vez, ela não se incomodou nem um pouquinho.

— A gente já lanchou, mas se quiser eu preparo algo pra você, Mina.

— Tudo bem, eu faço um pão e um leite pra mim, pai.

— Mesmo?

— Mesmo — ela sorriu. — Podem voltar a ver a série chata.

Megan deu risada lá do sofá, ainda mexendo no celular.

— Volte daqui a alguns anos e aí você vai gostar.

— Prefiro jogar Minecraft.

Foi quase automático dizer aquela frase, mas, naquele momento, pela primeira vez em muito tempo, Mina queria distância do jogo.

Pelo menos aquela noite. Amanhã era outro dia.

No dia seguinte, porém, Mina não conseguia tirar Minecraft da cabeça e a estranha aventura que tinha vivido (ou sonhado). Sequer conseguiu se concentrar nas aulas direito, e matemática pareceu mais difícil que o normal. Um pouco antes do sinal tocar, como se o universo quisesse compensar alguma coisa, o chato do Davi acabou respondendo a uma pergunta do professor Marcos e, pior, acertou. Se ela não estivesse tão distraída, teria levantando a mão e respondido, sabia a solução do problema. Olhou para o garoto, esperando um sorrisinho de deboche, mas ele parecia desanimado aquela manhã, os olhos um pouco fundos, como se não tivesse dormido bem. Nem teve entusiasmo para zoar com a cara dela. Melhor assim, ela não precisava de um garoto implicante em seus pensamentos, já tinha preocupações suficientes.

Voltou para casa cedo, logo depois da aula. Não tinha treino aquela tarde. A escola não era longe de casa, portanto voltou sozinha, o pai permitia que percorresse pequenas distâncias desacompanhada, se ainda estivesse de dia, tomasse cuidado e avisasse para ele quando tinha saído e chegado em casa. Mina mandou uma mensagem para o pai pelo celular assim que fechou a porta do apartamento atrás de si e se jogou no sofá, pensativa. Um bilhetinho grudado na TV avisava que tinha comida na geladeira para esquentar no micro-ondas, mas Mina estava tão obstinada em descobrir o que tinha acontecido na noite anterior que resolveu deixar o almoço para mais tarde e correu até o computador da irmã.

Chegando lá, desistiu. E se ela fosse, sei lá, "sugada" de novo pelo jogo? Se é que tinha sido aquilo o que aconteceu. Estava com medo, admitia, e não achava que alguém poderia culpá-la (mas ela não ia contar para ninguém, era uma maluquice grande demais). Resolveu almoçar, fazer a lição de casa e depois pensaria nisso. No entanto, mais tarde, os números acabaram se transformando em bloquinhos insistentes em frente aos seus olhos enquanto tentava resolver os exercícios. Não dava. Ela não conseguia parar de pensar em Minecraft e em todo aquele mistério.

O que Sailor Vênus e as outras guerreiras fariam numa situação como aquela? Investigariam, é claro. Ainda mais quando sabiam que alguém estava em perigo – e, definitivamente, aquela mensagem que tinha recebido, aquela que começara tudo, era uma mensagem de socorro. As Sailors sempre ajudavam as pessoas em perigo. Como para comprovar sua teoria, Artemis, seu gatinho branco, apareceu de seu esconderijo e veio se enroscar entre suas pernas, miando alto num tom de repreensão, quase como o gatinho de Sailor V fazia com ela. Mina adorava gatos e Artemis era seu segundo bichinho de estimação. Quando era pequena, tivera outra gatinha, Alanis, mas ela morreu quando a garota estava com sete anos.

Mina acariciou a cabecinha de Artemis e tomou uma decisão, levantando-se depressa e determinada, com o punho direito fechado. Investigaria aquele mistério e descobriria a verdade, assim como Sailor Vênus!

Ligou o computador da irmã e logo estava observando a tela inicial de Minecraft. Antes, porém, resolveu fazer uma pesquisa rápida na internet, mas não encontrou muita coisa sobre "entrar no jogo" além de livros de ficção e *creepypastas*. É, ela teria mesmo que se conectar novamente.

— Artemis, me deseje boa sorte!

A resposta foi um miado curto. O gatinho poderia ter dito "vai nessa" ou talvez "tanto faz". Gatos geralmente não costumam se importar com as pirações humanas. Ela respirou fundo e clicou no servidor misterioso.

A tela ficou preta e, por um instante, Mina ficou congelada na cadeira, sem conseguir se mexer. Então foi como se apagassem todas as luzes, mesmo sendo dia – e, num piscar de olhos, ela deu de cara com ninguém menos que CoooI_Gunter e seu *skin* do Finn, de Hora da Aventura.

— GAAAAAAAAAAH!

— AHHHHHHHHHH!!!

— Então eu voltei mesmo? — SuperSailorVChan perguntou, mais para si mesma do que para o outro usuário. Mas ele respondeu mesmo assim.

— Parece que sim. Que porcaria! Mas, peraí, se você não queria voltar, por que se conectou?

— Porque eu queria investigar, oras. E você?

Ele demorou uns segundos para responder. Sua voz era meio metálica, como a daquele cientista famoso que vive em uma cadeira de rodas.

— Ah, sei lá. Acho que tava curioso só. Ei, você também acordou na sua cama de casa depois que a gente dormiu?

— Sim... — Mina respondeu pensativa, tentando entender como aquele servidor maluco funcionava. — Será que, se a gente dormir, volta pro nosso mundo?

Ela caminhou até a porta e a abriu, a espada em punho, só por precaução. Estava dia claro lá fora. Havia um esqueleto ao longe, dentro de um lago. Ela fechou a entrada depressa e ouviu quando a flecha acertou a porta de eucalipto.

— A gente não pode dormir agora. Ainda é de dia.

— Hum... E se a gente explorasse um pouco lá fora, sei lá, ver se descobrimos alguma coisa? — CoooI_Gunter sugeriu.

SuperSailorVChan deu de ombros. Não parecia haver muito o que fazer além daquilo. Mas, então, quando estavam saindo, ela teve uma ideia.

— Ei, e se tentássemos sair do jogo?

— Como assim? — CoooI_Gunter perguntou, confuso. A expressão dele com a cara do Finn ficava engraçada e SuperSailorVChan não conseguiu esconder o risinho. — Que foi?! Você tá rindo de mim?

— Não, é da sua cara de Finn.

Ele não levou na brincadeira.

— O Finn é o cara mais legal em Hora da Aventura. Nem o Jake é tão legal.

— Mentira, é a Marceline!

— Mentira!

— Ah, chega disso, a gente precisa descobrir como sair do jogo.

— E como vamos fazer isso, gênia? Acessando o inventário, por acaso?

— Exatamente. Deve ter algum jeito de fazer isso.

Coool_Gunter cruzou os braços sobre o peito, despeitado e descrente. Que garoto pentelho! Humpt. Sem se abalar, SuperSailorVChan ficou pensando num jeito de acessar o inventário. Fechou os olhos e o visualizou dentro de sua cabeça, os menus, os botões, até mesmo as mensagens engraçadinhas da primeira tela de Minecraft. Pensou em si mesma, no quarto da irmã, clicando em "Sair para a tela principal". Abriu os olhos com expectativa, mas só havia a cara quadrada e rabugenta de Coool_Gunter à sua frente.

— Droga!

Ele começou a rir com gosto.

— Que boba! É claro que uma coisa dessas não daria certo.

— Argh, seu idiota! — ela retrucou com raiva e, num gesto impensado, acertou-o com a espada. Coool_Gunter deu um pulo para trás, numa exclamação de dor e surpresa, e SuperSailorVChan viu seu corpo piscar em vermelho, exatamente como acontecia quando acertava alguém no PvP.

— Sua maluca! Isso doeu! Doeu de verdade!

SuperSailorVChan recuou, envergonhada, e guardou a espada de ferro. O garoto podia até ser megachato, mas ela também não precisava machucá-lo com uma espada por causa disso. Imaginou a voz do seu pai dentro de sua cabeça, perguntando *"Onde está a educação que te dei, Minako? Onde está sua honra?"*.

— Hum... Desculpe. Mas também, você me provocou!

Ele passou alguns segundos sem falar, emburrado, e então disse:

— Que coisa estranha... Meio... Meio que eu sei que perdi um ponto de HP.

— Como assim?

— Sei lá. É como se eu visse a tela na minha cabeça. E doeu! Muito! De verdade!

Garotos são tão dramáticos...

— Ok, ok, desculpe, já disse!

— Hunf — ele colocou as mãos na cintura, cheio de pose. Aquilo a irritava e muito! — Bem, já que sua brilhante ideia não deu certo, vamos sair.

— Espera!

E abriu a porta com tudo.

— Aaaaaaaaai!

— Eu ia dizer que tem um esqueleto no lago.

— Eu sei disso agora, valeu — CoooL_Gunter disse chateado, alisando o braço machucado. — Menos outro meio ponto de HP.

— Pera aí, eu vou lá matar o bichão — SuperSailorVChan disse, sacando a espada novamente.

— Não, não, deixa ele lá! É bom pra gente saber identificar nossa casa.

— O quê? Que ideia mais sem noção!

— É sério. Olha, vamos combinar uma coisa? De abrigos eu entendo. Então a casa é minha responsabilidade, e, se eu digo que um esqueleto lá fora ajuda a gente a encontrá-la na volta, é melhor acreditar em mim.

SuperSailorVChan odiava ter que aceitar a sugestão do garoto, mas, como não conseguia encontrar um argumento melhor, resolveu deixar para lá.

— Tem uns blocos do lado direito do monte. Se a gente correr e subir bem rápido, o esqueleto não vai nos acertar.

— Beleza, vamos lá. Vazar! Explorar! Minerar!

Eles seguiram o plano de SuperSailorVChan e a coisa funcionou. Quando estavam num lugar mais alto, longe do alcance do esqueleto, ela parou de repente. Será que CoooL_Gunter também tinha sentido aquilo? Foi como se ouvisse uma voz dentro da sua cabeça, mas, no fundo, ela sabia que era uma mensagem do servidor na tela.

E a mensagem lhe deu arrepios.

5 – COOOl_Gunter

Cada dia é mais curto,
Cada noite é mais escura.
Preso no jogo vai ficar
Se o portal não cruzar.

Coool_Gunter estacou de repente, ouvindo a mensagem sinistra soar dentro da cabeça, mas de alguma maneira ele também conseguia vê-la, como se as palavras estivessem digitadas em uma tela. Quando o texto terminou, virou-se para SuperSailorVChan. Será que ela também tinha ouvido? Pela sua cara assustada, provavelmente sim.

— Você ouviu? — ele perguntou mesmo assim. Vai que era só sua imaginação?

— Sim — ela respondeu num sussurro. — Espera, tem mais.

Ele se concentrou e também ouviu (ou viu?). Eram coordenadas.

— Será que a gente tem que ir pra esse lugar? — SuperSailorVChan perguntou.

— Mas, assim, do nada? Simplesmente ir pra lá? E se estiver cheio de monstros?

— A gente enfrenta, oras! — A garota tinha uma expressão maníaca no rosto quadrado enquanto empunhava a espada.

Coool_Gunter suspirou. Garota piraaaada.

— Não, é sério, pow. Aquela espadada que você me deu doeu *de verdade* — e ele ainda sentia *mesmo* o braço dolorido onde a flecha do esqueleto o atingira. — E se a gente... sei lá, *morrer*?

— Você vai ficar lembrando pra sempre dessa espadada?

— Doeu, oras!

Foi a vez de SuperSailorVChan suspirar e revirar os olhos. Ou pelo menos ele achava que ela estava fazendo isso.

— Então nós vamos nos equipar e fazer boas armaduras. Se fizermos isso direitinho, vai dar certo! Você não vê que a mensagem, essa e a de antes, são uma missão?

— Você não está nem um pouquinho assustada?

— É claro que estou! Mas você prestou atenção ao resto da mensagem?

— O quê?

SuperSailorVChan bufou e resmungou algo como "garotos são tão distraídos".

— A parte que falava *"preso no jogo vai ficar, se o portal não cruzar"*.

— Você decorou a mensagem?

— Grrr, presta atenção, Coool_Gunter!

— Tá, portal, cruzar, jogo, blá, blá, blá. O que significa? — ele perguntou, completamente perdido. Bem que gostaria de saber o que aquela mensagem significava, mas não gostava nem um pouco de rimas ou de poesia.

— Significa o que a mensagem tá dizendo, bobão! Que nós vamos ficar presos *dentro* do jogo!

— Nããão...

— Siiim!

Ela olhou para o céu e bufou.

— A gente fica aqui nessa discussão idiota e, olha só, já tá escurecendo!

E então, do nada, ela correu.

— Ei! Volta aqui!

Coool_Gunter correu atrás dela também. Quando a encontrou, SuperSailorVChan estava matando algumas galinhas.

— O... O quê? Por que você tá fazendo isso?

— Só me faltam penas para fazer flechas. Pelo menos a gente faz mais uma arma hoje, antes de dormir — ela disse, irritada, como se ele houvesse feito algo muito errado.

SuperSailorVChan se virou para ele após recolher penas e frango cru e exclamou:

— Ora, não fique parado aí! A noite está caindo!

Droga, ele odiava ficar seguindo-a assim. Quem disse que ela era a líder, afinal? Mas o pior era que ela tinha razão e logo os monstros (e as malditas aranhas) estariam saindo de suas tocas. Ele já podia ouvir os angustiantes *clec clecs*. Por isso, e só por isso, seguiu a menina pirada.

Os dois alcançaram o abrigo, desviando-se de novo do esqueleto doidão, que agora estava acompanhado por um zumbi, e entraram depressa. SuperSailorVChan se debruçou sobre a bancada de trabalho, construindo seu arco e as flechas. Enquanto isso, Coool_Gunter encarou sua cama, pensativo.

Será que ela tinha razão sobre a mensagem? Será que, se enrolassem para seguir as orientações das mensagens, eles ficariam presos no jogo? Ela falava sobre um portal e depois apareceram coordenadas na tela. Eles deviam mesmo ir para lá, como a garota sugerira? Será que o tal portal estava lá?

Ele continuou encarando a cama. Se dormisse, voltaria para casa e poderia desistir daquele servidor e de toda aquela piração. Mas...

E SuperSailorVChan? Ele a deixaria sozinha para realizar a missão, ou fosse o que fosse aquilo tudo?

Como se lesse seus pensamentos, ela se virou para ele, segurando seu arco novinho em folha:

— O que foi, Coool_Gunter?

— Se a gente voltar para casa hoje quando dormirmos... Você vai voltar para cá? Ou vai desistir?

Ela hesitou por alguns instantes, mas então seu rosto se fechou numa carranca de indignação.

— Você tá querendo dizer o quê? Que eu não tenho coragem? Que essa não é uma missão para "menininhas" ou qualquer coisa boba dessas?

— Não, eu não disse nada disso! — ele ergueu as mãos depressa, num sinal de paz. A verdade, a verdade mesmo, era que ele estava morrendo de medo. Mas tinha ainda mais medo (se é que isso fazia sentido) que aquela garota descobrisse isso. E se ela zoasse ele? Espera um pouco, ele tinha que ser durão. Era o garoto por ali! — Não. Mas, sei lá, quer dizer, eu não tô com medo nem nada, mas a gente precisa mesmo fazer isso? A gente nem sabe no que tá se metendo ou o que esse servidor significa.

SuperSailorVChan continuou a observá-lo, talvez considerando a ideia. Ainda segurava o arco. Coool_Gunter gostaria que ela o guardasse. Ele se lembrava muito bem da dor que sentira quando a espada dela o atingira.

— Mas... A primeira mensagem tinha um SOS, lembra? E se alguém estiver em perigo? Eu sei que a Sailor V tentaria salvar essa pessoa — então ela ergueu os olhos e fez a pergunta que o convenceu. — E o Finn? O que ele faria?

É claro que Finn salvaria alguém em perigo. E ele, Coool_Gunter, também o faria. Mas bem que ele poderia ter o Jake como companheiro ao invés daquela garota irritante.

— Tudo bem — ele disse depois de um tempo. — Vamos fazer isso. Mas, antes, nós precisamos dormir.

— A gente deve acordar em casa — SuperSailorVChan disse, otimista. — E então a gente se vê aqui amanhã, quando for dia, certo?

— Certo! E nós vamos minerar e nos equipar para essa missão!

— Certo!

SuperSailorVChan sorriu. Coool_Gunter também.

Quando Davi abriu os olhos, esperançoso, sentiu seu estômago despencar. Seus olhos fitavam uma tocha acesa. E quadriculada.

Olhou para o lado, lá estava SuperSailorVChan, também acordando.

Eles ainda estavam em Minecraft. Não tinham voltado para casa dessa vez.

— A mensagem estava certa — a garota disse, murcha. — Quanto mais tempo a gente demorar para atravessar o tal do portal, mais tempo ficaremos aqui, dentro de Minecraft. Até...

— Até ficarmos presos para sempre? — Coool_Gunter completou o pensamento assustador.

Ela pareceu encolher e não respondeu.

— Bem — ele ergueu a voz, tentando reunir uma animação que não sentia. — Quando não tem como voltar atrás, o único caminho é pra frente! Não temos escolha senão continuar, certo, SuperSailorVChan? Você vem comigo?

Pela cara dela, talvez tivesse percebido que todo aquele ânimo era fingimento. Mesmo assim, disse:

— Vamos! Nós temos uma missão a cumprir e alguém para salvar!

— Beleza! Mas só depois do café da manhã.

Eles comeram alguns pedaços de frango assado e mais sopa de cogumelos. Para tristeza de Coool_Gunter, o bolo tinha acabado. Depois disso, reuniram algumas ferramentas e armas de que poderiam precisar, além de alguns blocos, e seguiram viagem. Era possível que não retornassem àquele abrigo para passar a noite. Em Minecraft, você tem que estar preparado.

Quando abriram a porta, o "esqueleto doméstico" ainda estava lá. SuperSailorVChan empunhou o arco, determinada a matá-lo daquela vez, e Coool_Gunter teve que impedi-la de novo.

— Já falei que ele é bom para acharmos o lugar!

— Ai, que chatice! Tá bom, já sei!

— Vamos, vamos vazar daqui de uma vez.

Eles correram depressa e subiram os blocos até chegar a um lugar mais alto. Aproveitaram para minerar um pouco de madeira e coletar comida, lã e algumas outras coisas. Coool_Gunter procurou uma planície legal, que não fosse nem muito alta e nem ficasse perto demais de água, para não terem nenhuma surpresa desagradável quando cavassem. E, então, iniciou o trabalho, ajudado por SuperSailorVChan, que agora tinha uma picareta de pedra. Cavaram de quatro em quatro blocos, sempre tomando cuidado para ficarem acima do nível inferior. Não seria nada legal cavar demais e cair na lava. Coool_Gunter tinha 100% de certeza que aquilo ia doer e não queria descobrir como seria morrer em Minecraft, ainda mais naquele servidor sinistro.

À medida que mineravam, foram perdendo luz e colocando as poucas tochas que possuíam nas paredes, removendo algumas para economizarem equipamento. Acumularam muito pedregulho e terra até que, finalmente, encontraram carvão, muito carvão, e puderam fazer mais tochas. E o melhor ainda estava por vir: minério de ferro!

Rapidamente, Coool_Gunter fez uma fornalha, uma bancada de trabalho e produziu uma picareta de ferro, além de botas e calças, para completar sua armadura. SuperSailorVChan, que já tinha uma armadura completa e espada, fez alguns baldes, um isqueiro e uma tesoura, que também seriam bastante úteis. O restante das barras de ferro foi guardado para fortificar o abrigo ou para quando tivessem necessidade.

— Vamos procurar mais! Quem sabe a gente acha um pouco de diamante ou ouro? — SuperSailorVChan parecia mais animada agora que possuíam mais ferramentas e equipamentos. Com certeza ela deveria estar namorando uma espada de diamante em sua imaginação naquele mesmo instante.

Eles continuaram cavando até encontrarem uma caverna larga e profunda. Seguiram até o nível mais baixo e encontraram um lago de lava. Coool_Gunter colocou os braços quadrados na frente de SuperSailorVChan, com medo de que ela se machucasse, mas ela estava mais atenta que ele: mirou o arco e soltou três flechas certeiras em um esqueleto que os espreitava do meio da lava.

— Ufa! Essa foi por pouco — Coool_Gunter suspirou aliviado.

— Vamos voltar e minerar mais — SuperSailorVChan disse. — Eu cuido da retaguarda.

Demorou um bom tempo, mas finalmente, depois de muito minerar, encontraram um pouco de diamante perto de um rio de lava. Toda animada, SuperSailorVChan logo se pôs a construir uma espada.

— Você deveria fazer uma também, Coool_Gunter.

— Eu... sou mais de construir, sabe? Tenho um castelo e tudo... — Ele se lembrou de seu castelo e de repente o desânimo bateu. — Gostaria que você o visse.

SuperSailorVChan ficou em silêncio por algum tempo, entendendo que ele se sentia triste, mas, talvez para animar as coisas, provocou:

— Exibido! Aposto que nem é grande coisa.

— Mentira! É super-irado! Você tinha que ver: tem um fosso que eu aciono de dentro do castelo, só entra quem eu quiser! E tem um monte de cômodos, e eu decorei com lustres, lareira e... E agora está perdido. Será que a gente vai voltar algum dia, SuperSailorVChan?

Ela também parecia pensar naquilo com certo temor. Mas, daquela vez era ela quem estava tentando animar as coisas.

— Nós vamos sim. Mas só se você deixar de ser teimoso e fabricar logo uma espada boa pra você também. Sabe, eu não posso ficar salvando sua pele o tempo todo!

Em outro momento, talvez Coool_Gunter ficasse irritado, mas não daquela vez. Ele riu, aceitou a sugestão da garota e logo estava empunhando uma espada reluzente de diamante.

Podem correr, monstros! Coool_Gunter agora tem uma espada tão irada quanto a de Finn, o Humano!

6 – SuperSailorVChan

Mina estava pensando na estranha mensagem enquanto observava sua nova espada de diamante. Como estaria sua família no mundo real naquele momento? Seu pai, sua irmã, seu gatinho? E se a cada dia que passava em Minecraft estivesse mais distante deles? E se ela e Coool_Gunter nunca mais voltassem?

— O que foi? — ele perguntou de repente.

— O quê?

— Você ficou quieta de repente. E também parou de minerar – ele parecia um pouco bravo. — Ei, você mesma disse que a gente tinha que achar mais diamante se pudesse!

— Tá bem, eu sei o que disse — ela trocou a espada pela picareta de ferro no inventário. — Eu só... Estava pensando na minha casa. Sobre a gente seguir aquelas coordenadas. Só assim vamos conseguir decifrar a mensagem e voltar.

— Bem, a gente já reuniu bastante coisa aqui nessa caverna. Podemos construir um novo abrigo na superfície, guardar alguns desses itens e marcar nossas coordenadas para poder voltar depois. A gente se equipa e segue as tais coordenadas.

Coool_Gunter ainda não parecia muito certo sobre seguir a mensagem. Ele se arrepiou todo só de falar aquilo. SuperSailorVChan insistia, mas no fundo sabia que não podia culpá-lo. Realmente havia alguns riscos, mas ela tinha certeza de que aquela era a melhor chance dos dois.

— Tudo bem. Parece um bom plano, e nós já temos equipamentos bem legais.

Decidido isso, os dois começaram a recolher suas coisas, basicamente uma fornalha e uma bancada de trabalho, e estavam voltando pelo caminho que mineraram quando ouviram o som inconfundível de *mobs* furiosos se aproximando.

— Eles estão atrás da gente? — Coool_Gunter perguntou, assustado.

— Pior. Eles estão na nossa frente!

Aquilo era muito, muito ruim. Se os *mobs* estivessem atacando por trás, eles ainda poderiam seguir adiante e voltar pelo caminho que criaram ao minerar. Mas pela frente? Eles teriam que criar todo um caminho novo para escapar, o que era complicado e perigoso.

— Putz. E agora? — Coool_Gunter quase parecia verde, como se estivesse prestes a vomitar. SuperSailorVChan nem sabia se o que estava vendo era possível ou real. Vai ver estava pirando de vez.

— Corre pro outro lado e começa a minerar um caminho pra gente fugir! Eu vou cuidando da retaguarda — disse, sacando novamente a espada de diamante. Ela desejou ter alguma poção de força ou um encantamento, mas sabia que nada disso seria possível enquanto não tivessem pontos de experiência suficientes e visitassem o Nether. E ela não queria nem pensar como seria ir àquele lugar, *pra valer*, naquele servidor.

— Eles são muitos! Não vai dar, SuperSailorVChan!

— Vai logo!

A flecha de um esqueleto passou raspando pela sua orelha e ela ouviu o *clec clec* de várias aranhas. Golpeou com a espada e matou as primeiras que os atacavam, sem se preocupar em recolher os itens, ao mesmo tempo que ouvia o som de Coool_Gunter minerando rapidamente.

Recuou. Eram muitos *mobs* e, no meio deles, reconheceu uma bruxa. Aquilo era muito, muito ruim. Sacou do inventário alguns pedregulhos e tentou fechar a passagem rapidamente. Aquilo lhe dava uma sensação ruim, claustrofóbica, mas era sua melhor chance. Alguns monstros, inclusive a bruxa, conseguiram passar e a atacaram. Era como se estivesse sendo ferida na própria carne. SuperSailorVChan gritou.

E como saber se não era exatamente isso que estava acontecendo? Aquilo não era apenas um jogo, não mais. A bruxa jogara algo nela, alguma poção, e ela sentiu seu HP caindo rapidamente. Era como Coool_Gunter tinha dito: eles poderiam morrer.

— SuperSailorVChan! — ouviu a voz do colega gritando por ela.

SuperSailorVChan sacou a espada, insistindo em lutar, mas não parecia mais tão fácil, ela se sentia fraca. Foi então que viu: um Creeper piscando. Ele estava prestes a explodir, e ela sabia que seu HP estava em pouco mais de dois corações. Coool_Gunter também deve ter visto, porque a puxou e gritou:

— Vamos, vamos! Não dá pra lutar!

Eles correram e Coool_Gunter a conduziu por uma passagem

estreita, com a largura de apenas dois blocos, a conta certa para passarem. Provavelmente ele mesmo a minerara enquanto ela lutava.

Ouviram o som inconfundível do Creeper explodindo, mas parecia muito pior do que o som normal do jogo. Era um eco de morte e desespero. Itens voaram, assim como blocos de pedra e cascalho. A última visão que SuperSailorVChan teve foi de dezenas de *mobs* maléficos antes de CoooI_Gunter fechar a passagem depressa com alguns pedregulhos.

A escuridão os abraçou. Ela parecia quase sedosa, um manto negro e silencioso, interrompido apenas pelo som distante dos *mobs* do outro lado.

CoooI_Gunter afixou uma tocha na parede, iluminando parcialmente o lugar. Aos poucos, os batimentos do coração de SuperSailorVChan estavam voltando ao normal, e ela sabia que já devia ter uns quatro ou cinco corações de vida.

— Você tá bem? — CoooI_Gunter perguntou, parecendo aflito.

— Acho que sim. — Ela sacou alguns filés e começou a comer, tentando matar a fome e recuperar vida mais depressa.

Foi então que CoooI_Gunter fez algo que a surpreendeu:

— Como você é teimosa! Você podia ter morrido lá atrás! A gente não sabe o que vai acontecer se um de nós morrer aqui. E se for o servidor for em modo hardcore? Já pensou nisso?

Não, ela não tinha pensado. Era ruim admitir, mas CoooI_Gunter tinha razão. Se aquilo fosse Minecraft Hardcore, não haveria um botão para ressuscitar, era *game over*. Estaria banida do servidor. E, como estavam *dentro* do jogo, de maneiras que não compreendiam, aquilo bem que poderia significar algo muito pior. O gosto de bile invadiu sua boca e ela guardou o pedaço de filé que estava segurando. Não conseguiria comê-lo de qualquer maneira.

Sentia-se envergonhada. CoooI_Gunter não parecia estar zombando ou tripudiando dela. Ele só estava preocupado, *de verdade*. Quando os monstros a atacaram e ele gritou, pareceu estar com muito medo por ela, como um amigo faria.

Quem será que ele era no mundo real? Quem era CoooI_Gunter por trás daquela *skin* do Finn? Um garoto de verdade? Será que ele era da sua idade? Qual seria seu nome?

— Sinto muito — ela se ouviu dizer, mas parecia outra pessoa.

Ele suspirou:

— É melhor a gente ficar junto. Esse lugar não tá de brincadeira.

— E agora? — foi a vez de ela perguntar. — Não podemos voltar por onde viemos.

Coool_Gunter deu de ombros.

— Vamos ter que continuar minerando.

— Podem aparecer outros monstros. E, se minerarmos para cima, um Creeper pode cair em cima da gente ou...

Ela pensou na bruxa e em como sua vida diminuíra rapidamente, quase até o fim.

— Ou algo pior? Eu sei, mas você tem outra ideia?

— Não — ela sabia que não era possível, mas era como se o ar estivesse mais pesado. Em Minecraft era possível morrer por sufocamento. Precisavam sair dali.

— Se algum monstro aparecer, nada de enfrentá-lo sozinha. A gente faz isso juntos e qualquer coisa fechamos a passagem novamente, ok?

Ela gostava do tom gentil na voz de Coool_Gunter. Talvez... Talvez eles estivessem se tornando amigos, afinal.

— Fechado, Coool_Gunter. Vamos nessa.

7 – COOOl_Gunter

Davi continuou a minerar com cuidado, com a ajuda de SuperSailorVChan. Ela já parecia ter se recuperado do susto com os monstros e a bruxa. Aquilo fora realmente sinistro. Ele se surpreendeu com o quão preocupado tinha ficado com o estado da garota. Não era só o fato de que poderia ficar sozinho naquele servidor maluco – o que por si só já era aterrorizante o suficiente –, mas também o que poderia acontecer com ela se morresse no jogo. A cada minuto que se passava ali, a coisa ficava mais séria. Era estranho ficar longe do mundo real por tanto tempo. Quem sabe, quando dormissem de novo, o que ainda não tinham conseguido fazer, acordariam em suas casas? Mas e se isso não acontecesse? Nunca mais?

Era melhor não pensar mais naquilo e se concentrar no trabalho. Minerar, colocar mais blocos, subir. Coool_Gunter tentou minerar no formato de escada, assim chegariam com maior segurança lá em cima. Onde, não dava para saber. Não tinham nenhum mapa. Teriam que montar um novo abrigo; ainda bem que ele estava com várias pedras, tantas que até teve que *dropar* algumas pelo caminho. É isso aí. Tinha que se manter confiante! Tudo daria certo.

A subida pareceu demorar uma eternidade, mas pelo menos não encontraram mais nenhum monstro, a não ser algumas traças que SuperSailorVChan eliminou facilmente. Coool_Gunter nem acreditou quando finalmente enxergou, por um buraquinho de um bloco apenas, a luz do sol e o céu azul. Tinham dado a sorte de sair durante o dia, ou teriam que ficar ali dentro até amanhecer. O problema é que dali não conseguia ver a altura do sol, e o dia poderia muito bem estar acabando. Precisavam ser rápidos.

— Finalmente! — SuperSailorVChan exclamou, tão aliviada quanto ele.

— Vamos, a gente ainda precisa montar um abrigo.

Subiram e se depararam com uma planície enorme, toda coberta de gelo.

— Brrr. Eu não sabia que dava para sentir frio em Minecraft.

— Pelo visto dá — Coool_Gunter completou o pensamento, sentindo o mesmo que a menina. — Tomara que a gente não dê de cara com o Rei Gelado por aí!

SuperSailorVChan revirou os olhos quadrados, mas pareceu dar um sorrisinho.

— O sol está baixando no céu, Coool_Gunter. Vamos montar logo esse abrigo.

Conseguiram fazer uma casa pequena, mas que os protegeria da noite. Coool_Gunter a equipou com tochas e logo colocou num canto a fornalha, a mesa de trabalho e as camas. Para essas últimas, olhou com certa reverência e talvez um pouco de medo. Mas não poderiam dormir agora: precisavam se equipar e, principalmente, criar um mapa, isso se quisessem mesmo seguir aquelas coordenadas.

— SuperSailorVChan, você fez bolo outro dia pra gente. Tem mais cana de açúcar no seu inventário?

— Hum... Tenho algumas aqui. Antes de encontrar você naquele apuro com as aranhas eu passei por um bioma de praia. O que você quer fazer com elas?

— Papel. Preciso de pelo menos umas nove. Você não transformou tudo em açúcar, né? — perguntou, o estômago se enchendo de aflição. Se ela tivesse perdido as canas de açúcar...

— Calma, eu gosto de comer doce, mas também não sou a Princesa Jujuba — ela colocou as canas de açúcar na mão. — Ainda tenho várias, transformei só umas quatro em açúcar.

— Ufa. Dá e sobra. Vou fundir um pouco do minério de ferro que temos e juntar com o pó de *redstone* — ele começou a trabalhar, concentrado, na fornalha e na mesa. Em pouco tempo tinha sua bússola pronta.

Com o papel de SuperSailorVChan, eles conseguiram produzir o mapa e então juntaram suas cabeças para estudá-lo.

— Quais eram mesmo as coordenadas da mensagem doidona? — Coool_Gunter perguntou.

SuperSailorVChan recitou os números. Ela parecia uma máquina de decorar coisas. Será que ela era um robô ao invés de uma garota de verdade? Sabe-se lá, mas pelo menos era uma habilidade superútil. Eles estudaram novamente o mapa. O lugar que a mensagem indicava ficava ao norte de onde se encontravam, talvez a um ou dois dias de caminhada. Coool_Gunter não sabia se ficava feliz ou triste. Não sabia se queria descobrir o que os esperava no lugar indicado pelas coordenadas.

— Bem, é isso. Nós já fizemos mais armas e equipamentos.

— Amanhã precisamos achar comida. Tá tudo acabando. — Só de falar nisso Coool_Gunter sentia seu estômago roncar.

Eles se entreolharam, sem saber o que dizer. Quem seria o primeiro a sugerir que dormissem? Ao mesmo tempo que queriam voltar para casa, o medo de não conseguir era maior. Mas, ao invés de colocar em palavras os temores de ambos, SuperSailorVChan fez outra pergunta ainda mais sinistra:

— Se a gente dormir e voltar para o mundo real, para nossas vidas... Nós ainda vamos ter coragem de voltar ao Minecraft?

— Você diz aqui? Esse servidor?

Ela pareceu dar de ombros.

— Faz algum sentido se conectar nos nossos mundos normais depois do que estamos vivendo aqui?

Por mais aterrorizante que fosse, não fazia mais sentido voltar a reinar em sua fortaleza cheia de apetrechos bacanas. Parecia vazio perto da missão que assumiram ali. E havia também a curiosidade, que mais parecia um bichinho da maçã mordiscando suas entranhas.

— Acho que vamos voltar pra cá.

— Eu também.

— Por favor — ele pediu, surpreendendo a si mesmo —, não desista e me deixe aqui sozinho.

— Claro que não, Coool_Gunter — ela parecia sorrir. — Nós somos amigos.

E, se procurasse bem no fundo, Coool_Gunter sabia que não poderiam ser outra coisa depois de tudo que tinham passado juntos.

E que ainda iriam passar.

8 – SuperSailorVChan

— Ei, dorminhoca!

Mina abriu os olhos e viu o rosto sorridente de sua irmã Megan sobre ela. E por causa disso levou um susto danado.

— Ai, Meg, não faz isso!

— Ih, tá virando adolescente mesmo, reclamando de tudo, não quer mais a irmã por perto, mi, mi, mi... — disse Megan, sentando-se na ponta da cama da irmã.

— Não faz drama — Mina retrucou, um pouco emburrada. Na verdade, ela não sabia por que estava brava. Não era pela brincadeira da irmã, nem mesmo pelo susto. Não estava decepcionada por estar de volta. Ou estava?

Ela olhou para o computador. Ainda estava ligado, com o Minecraft aberto e o servidor piscando na tela, esperando por ela. A menina sentiu um arrepio na nuca.

— Você dormiu a tarde toda, Mina. Tá tudo bem? Você nem é de dormir à tarde.

A menina engoliu em seco. Se a irmã descobrisse o que andava fazendo de verdade, com certeza ia achar que estava ficando maluca. Capaz de falar para o pai levá-la no médico. Mina simplesmente detestava ir ao médico. Por causa de sua mãe, que partira muito jovem, ela e a irmã faziam muitas visitas a consultórios. Era chato e sempre a fazia se lembrar dela, e não de um jeito bom.

— Você já chegou do estágio?

— Claro, já são quase sete horas. Você dormiu desde que voltou da escola? Almoçou?

Como se tivesse ouvido a pergunta, o estômago de Mina roncou alto.

— Ai, caramba. Vamos lá, eu preparo um lanche legal pra gente.

— Mas você não vai pra faculdade?

Megan já estava de pé. Espantou a ideia como se fosse um mosquito.

— Tem uma aula inútil hoje. Todo mundo vai faltar. Não vou ser a única CDF estraga-prazeres pra ir e melar tudo.

Depois de dizer isso, Megan parou em frente ao espelho da penteadeira de Mina, parecendo pensativa. Inclinou a cabeça para o lado, encarando seu reflexo por um tempão até finalmente balançar a cabeça e desistir.

— Vamos lá logo comer, Mina. Depois a gente pode ver um filme, se você não tiver lição de casa, é claro.

Com a fome que estava, Mina devoraria qualquer coisa, mas até que o lanche que Megan tinha preparado estava gostoso. Misto-quente e chocolate batido, seus favoritos. A menina ficou ensaiando um tempão para abrir a boca e perguntar à irmã algo que a atormentava. A pergunta ficou girando e girando dentro de sua cabeça, presa na garganta, mas foi só quando já estavam sentadas no sofá, dividindo um pacote de bolachas recheadas enquanto Megan procurava um filme no Netflix, que Mina tomou coragem e disse:

— Meg, você alguma vez já sentiu como se estivesse vivendo algo que... hum... não deveria ser real, mas é?

Megan parou de zapear pelas opções do Netflix e olhou para a irmã, ainda segurando o controle remoto.

— Como quando a gente tá lendo um livro?

— Hum... Não. Sei lá. É difícil explicar.

Ela já estava começando a se arrepender de ter perguntado. A cara de preocupação de Megan a assustava. A irmã pousou o controle remoto de volta ao sofá, esquecendo a televisão.

— Mina, o que você vê nos espelhos?

Que pergunta doida era aquela?

— Eu, oras! Meu reflexo, minha imagem, sei lá.

— Só isso?

— Só.

— Hum. Você tem tido dores de cabeça ultimamente?

— Não. Que perguntas esquisitas são essas, Meg?

De repente a irmã que não queria mais olhar para ela.

— Nada.

E então ela fez a pergunta mais bizarra de todas:

— Mina, você tá gostando de algum menino?

— CLARO QUE NÃO! ECA!

Mas que meleca! Ela não deveria ter aberto a boca. Adultos não entendem nada mesmo, nem quando os adultos são suas irmãs mais velhas bacanas.

— Tá bom, tá bom, não precisa ficar nervosa.

As duas ficaram um tempo em silêncio (Mina com os braços

cruzados, emburrada e arrependida da conversa). Artemis caminhou como um príncipe pelo tapete, esfregando o rabo nas pernas das irmãs, até que pulou no sofá, se enroscou feito uma bolinha entre as duas e dormiu na mesma hora. Depois de observá-lo por um tempo, Megan disse:

— Mina, você se lembra da Alanis?

— A minha gata?

— É.

— Lembro, claro.

— Lembra como ela morreu?

Novamente, a irmã tentava de todas as maneiras não olhar para ela. Seus olhos fixavam um ponto fixo no tapete e ela parecia muito séria.

— Ah, mais ou menos... Foi meio do nada, não foi? — E então, puxando mais da memória, Mina se lembrou de algo que embrulhou seu estômago. — Eu lembro que você tava doente, Meg.

Tinha sido uma época muito estranha.

— É... Estava. — Megan se virou para a irmã tão depressa que Mina se assustou. Os olhos dela estavam cheios de lágrimas. — Mina, talvez um dia você vá precisar fazer uma escolha. Todos nós precisamos em algum momento da nossa vida. É a nossa própria aventura, sabe? E quando esse dia chegar... Escolha o que é certo.

— Como vou saber o que é o certo?

— O seu coração vai saber. Pergunte a ele, Mina, e ele vai responder.

Mina não conseguiu dormir bem aquela noite, tampouco se concentrar na escola. A menina ficava pensando nas palavras da irmã. O que era o "certo", afinal? Seria abandonar o jogo e nunca mais retornar àquele servidor de Minecraft? Ou seria voltar?

Ela tinha prometido a CoooI_Gunter que voltaria. E ele era seu amigo, não poderia abandoná-lo. A gente não abandona os amigos, muito menos quebra as promessas que fazemos a eles. Além disso, alguém podia estar em perigo, alguém que precisava deles e por isso os chamara naquela missão.

Ela tinha que voltar. Era a coisa certa a se fazer.

Mas antes tinha um dia inteiro pela frente para enfrentar na vida real. E não foi um dos melhores.

Primeiro, ela se atrapalhou toda para responder a uma pergunta da professora de português na segunda aula. Claro, estava com a cabeça nas nuvens pensando em Minecraft e na conversa com a irmã ao invés de prestar atenção. E foi exatamente isso que a professora disse na bronca que lhe deu em seguida. Mina nunca tinha recebido uma bronca daquelas na frente de toda a sala. Nunca! Ela não sabia onde meter a cara. Esperou pela tiração de onda dos garotos na sala, especialmente do chato do Davi, e só então reparou que ele não estava entre o coro de risadas e comentários maldosos.

— Chega! Vamos voltar à aula, pessoal! — chamou a professora, e aos poucos a sala silenciou. Mas agora Mina tinha outra coisa na sua cabeça. Davi não era de faltar, apesar de não ser nem de longe um bom aluno como ela. O que teria acontecido?

De propósito, Mina demorou um pouco mais para guardar suas coisas antes do final da aula. Suas amigas foram para o intervalo e disseram que encontraria com ela na cantina. Fingindo estar tendo problemas com o zíper da mochila, Mina apurou os ouvidos e escutou André dizer:

— Não sei, o Davi não me disse que ia faltar, não. Mandei uma mensagem no WhatsApp, mas até agora nada.

— Droga, bem no dia da Educação Física? — Outro garoto respondeu. — A gente vai ficar desfalcado no futebol.

— O Davi anda meio prego na defesa mesmo. Tá pensando demais em Minecraft pra jogar futebol direito.

Mina não sabia que Davi jogava Minecraft também. Bem, não era de surpreender, afinal era fácil achar colegas de sala que jogassem. Será que ela poderia ter esbarrado com ele em algum servidor sem saber? Bem, se o encontrasse com certeza o retalharia com sua espada de diamante no PvP. Garoto chato demais.

Tanto faz, ela pensou, fechando a mochila e saindo da sala para encontrar as amigas.

Aquele dia parecia mais longo que o normal. Por mais estranho que fosse, Mina não estava tão animada assim para ir à natação. Estava ansiosa para voltar para casa e se logar no servidor misterioso de Minecraft. Ela só esperava que Coool_Gamer se conectasse também. Seria assustador entrar lá e não ter nenhum amigo.

— Muito bem, pessoal — disse a treinadora Clara às suas costas enquanto Mina se alongava. A menina tomou um susto, algo que parecia estar se tornando frequente. — Ai, ai, vejo que hoje teve gente que faltou. Não quero ninguém se escondendo em casa por causa do frio, hein? Mina, você sabe do Davi?

— O quê?!

Ok, aquele tinha sido o megassusto do dia.

— Por que eu?! — ela perguntou em seguida, sem pensar, e depois se sentiu muito boba.

— Ué, vocês são amigos, não são? Estudam na mesma escola.

— Não, não somos amigos — Mina retrucou, sentindo-se dura feito um bloco de ferro. De fato, ela se imaginou como seu *skin* em Minecraft e por um segundo passou pela sua cabeça se conseguiria nadar com os braços tão quadrados. Ai, meus caroços! O que ela estava pensando? Tinha que se concentrar! — Quer dizer, eu não sei por que ele faltou, treinadora.

A treinadora Clara ergueu as sobrancelhas, mas resolveu não comentar.

— Tudo bem, mas me faça um favor e diga a ele que não quero ninguém faltando nos treinos. Só aceito se estiver doente ou for algo muito grave, hein?

Mina assentiu, atordoada demais para abrir a boca.

Mas que era estranho era. Primeiro, o garoto faltava na escola. Depois, na natação. Parecia até que tinha sido abduzido ou coisa parecida.

Mina encarou a longa raia, a água ondulando num azul tranquilo. Ela tinha outras coisas para se preocupar agora do que com o garoto mais chato que conhecia. Pelo menos seria um treino calmo. Isto é, se conseguisse acalmar os próprios pensamentos.

9 – COOOl_Gunter

O macarrão estava todo enrolado dentro do prato. Provavelmente aquela era a aparência dos pensamentos de Davi dentro da sua cabeça. Ele não conseguia pensar em outra coisa, só na maluquice que estava acontecendo na sua vida.

Ok, ele dormira em Minecraft e dessa vez acordara em sua própria cama (a de verdade), com a voz de sua irmã Melissa ecoando aos gritos pela casa, cantando uma música do Aerosmith, que por sua vez tocava ainda mais alto nas caixas de som do computador dela.

Era o que ele queria, não? Acordar em casa.

Exceto que isso deixava tudo ainda mais estranho. O dormir no jogo e acordar na vida real não era algo aleatório, mas também não era regular. Tinham-se passado pelo menos três dias em Minecraft para que ele acordasse de novo em casa. A primeira vez fora bem menos. Quanto demoraria da próxima vez? Seis dias? Dez dias?

Ele não podia prever. E isso o assustava.

Isso significa que você não vai voltar?, perguntou uma vozinha dentro da sua cabeça.

Mas ele não tinha escolha, tinha? Não poderia deixar SuperSailorVChan lá sozinha. Eles tinham feito uma promessa um ao outro de que voltariam. Ele tinha pedido a ela para voltar. Não poderia ser ele a fugir agora. Heróis não fogem. Amigos não abandonam uns aos outros.

E havia o sinal de SOS e aquela estranha mensagem.

— Abaixa esse som, sua doida! — ele tentou elevar a voz por cima da toda aquela gritaria. Os pais deles só podiam não estar em casa mesmo, do contrário o pai já teria desligado o computador da parede. Melissa sempre aproveitava essas horas e quem sofria era Davi, claro.

Não que ele não gostasse de música alta, mas não gostava daquela banda. Isso sem falar que Melissa era muito desafinada (ela dizia que era perseguição dele, ela tocava baixo e cantava, postava tudo no Youtube, mas oras, ele achava a voz dela horrível, um irmão mais novo pode ter opinião, não? Dá licença!). Davi estava atordoado demais para aquilo, e os gritos só o faziam ficar ainda mais irritado. Ele finalmente saiu do quarto e gritou de novo:

— Dá pra abaixar essa tosqueira, faz favor?

A irmã o encarou com cara de tédio e revirou os olhos.

— Cai fora, peste. Tava dormindo que nem uma pedra até agora, parecia até o Montesuma roncando, não vem encher o saco.

— Mas agora eu tô acordado e não quero ouvir você cantando!

— Cara feia pra mim é fome — ela retrucou. — Ó, tem macarrão no forno, a mãe deixou lá e pediu pra te avisar. Esquenta no micro-ondas e para de encher.

— Cadê o pai e a mãe?

— Foram jantar fora. Namorar.

— Eca.

Melissa revirou os olhos de novo. Ele detestava quando ela fazia isso.

— Mas é muito criançāo mesmo. Bem, tá avisado do macarrão, agora te vira.

E fechou a porta na cara dele.

Por isso, Davi agora encarava o macarrão, e o macarrão o encarava de volta. Mas não havia respostas em meio às almôndegas. Já que a irmã estava se acabando de ouvir música no talo, ele se sentiu no direito de desrespeitar uma regra da casa e estava comendo em frente ao computador do pai, observando a tela de Minecraft. *O que eu faço, o que eu faço?*

A resposta apareceu na forma de uma mensagem na tela do jogo. Ele mal pôde acreditar, mas estava lá. E com certeza pertencia ao remetente misterioso:

O tempo passa mais rápido
No Mundo da Superfície
O tempo passa ainda mais veloz
Quando se caminha no Nether

Se rápido não forem
Presos ficarão
O mistério de Far Lands
Nunca desvendarão

**SOS*SOS*SOS*SOS*SOS*SOS*SOS*SOS*SOS*SOS*SOS*SOS*SOS*SOS*SOS*SOS*SOS*SOS*...*

Após os versos, vinha uma estranha mensagem de SOS que não parecia ter fim. Quanto mais Davi descia a tela para ler, mais os pedidos de socorro apareciam. Quando já estava desistindo, outra mensagem apareceu:

Venham.
Venham depressa.
Estou preso. Dentro.
Jogo. Far Lands.
Por favor...
VENHAM.

Certo, aquilo era muito, muito tenso. Era exatamente o que ele e SuperSailorVChan desconfiavam. As mensagens eram um pedido de socorro de alguém que estava preso em Far Lands, a fronteira final do enorme mapa de Minecraft.

Uma das primeiras coisas que você descobre ao começar a jogar Minecraft é como o mapa é gigantesco. O Mundo da Superfície é tão grande que parece infinito. Só que não. Se você caminhar em linha reta por muito, muito tempo, eventualmente chegará a Far Lands, o final do mapa. Pense em como as pessoas um dia acreditaram que a Terra era plana, ao invés de redonda: se você caminhasse por tempo demais cairia num abismo. Pensou? Bem, isso é mais ou menos o que acontece em Minecraft. Far Lands é o lugar onde a magia do jogo deixa de acontecer e o mundo para de ser carregado. As formas são estranhas e tudo fica literalmente bugado. É como cair em um dos episódios malucos de Hora da Aventura (tipo aqueles com o Prismo).

Se Davi já tinha visitado Far Lands? Apenas uma vez, seguindo um tutorial da internet e usando teletransporte. Foi só por curiosidade, e ele criou um mundo só para a experiência. Ainda bem, porque acabou caindo e se perdendo em meio aos quadrados mal renderizados de Far Lands e não conseguiu mais voltar ao Mundo da Superfície. Daquela vez, simplesmente voltou ao seu jogo normal e seu castelo e nunca mais pensou em visitar o fim do mundo.

Agora, como seria visitar Far Lands de verdade? Dentro do jogo? Ele morria de medo só de pensar. E eles não podiam usar um teletransporte, precisavam chegar até as coordenadas, que agora Davi tinha quase certeza se tratar de um portal para o Nether. Lá, no mundo que era o inferno de Minecraft, eles poderiam andar mais rápido e cobrir mais terreno. Caminhar um bloco dentro do Nether significava avançar oito blocos no Mundo da Superfície. Com certeza chegariam mais rápido a Far Lands, mas seria muito mais perigoso, com todos os *mobs* e a lava que cercavam aquele lugar. E depois, quando chegassem a Far Lands...

Heróis não fogem. Amigos não abandonam uns aos outros.

Davi terminou de comer o macarrão e colocou o prato de lado, esfregando as mãos. Ele não fugiria da aventura, não abandonaria SuperSailorVChan. E, principalmente, não abandonaria o jogador que estava preso em Far Lands.

Coool_Gunter estava pronto para voltar ao servidor misterioso.

A aventura vai começar!

10 – SuperSailorVChan

Depois que Mina deu um beijo de boa-noite em seu pai, passou um tempão debaixo das cobertas, no escuro, pensando no que fazer. A menina esperou todos os barulhos da casa cessarem e deixou a cama quentinha na ponta dos pés, esgueirando-se sorrateira pela casa silenciosa. Artemis ergueu apenas uma orelha, observando-a, ainda enrolado na ponta da cama, desconfiado. Será que ele sabia que Mina estava aprontando? Gatos sempre sabem das coisas.

Fosse lá como fosse, ele continuou deitado enquanto Mina empurrava devagar a porta do quarto da irmã, que rangeu um pouquinho. A garota congelou, ouvindo atenta, mas não houve nenhum outro som, muito menos o que ela tinha medo: a voz do pai. Respirando aliviada, ela adentrou o quarto de Megan e encostou a porta.

A irmã não estava na cama aquela noite. Era sexta-feira, e ela tinha saído com os amigos depois da faculdade. Só devia voltar de madrugada, o que era bom para os planos secretos de Mina de usar o computador dela para acessar o servidor misterioso e voltar finalmente a Minecraft. Já fazia um bom tempo que estava desconectada, e estava preocupada com o que teria acontecido por lá. Ela prometera a Coool_Gunter que voltaria e precisava cumprir sua promessa.

Qual não foi sua surpresa ao abrir o jogo e encontrar mais uma estranha mensagem do servidor? Depois de mais versos assustadores, havia um sinal de SOS que se prolongava indefinidamente, até que terminava com um pedido desesperado, chamando-os para Far Lands.

Será que Coool_Gunter já tinha visto aquilo?

Só havia uma forma de saber.

Mina clicou no botão e se conectou ao servidor. Ela fechou os olhos e, no próximo segundo, reabriu-os para ver um mundo de blocos e o rosto enfurecido de Coool_Gunter:

— Onde você se meteu?

SuperSailorVChan se levantou da cama num pulo, assustada.

— Eu estava no mundo real, oras!

Aquilo não pareceu acalmá-lo. A expressão de Coool_Gunter revelava que ele não estava nada feliz. Na verdade, ele parecia completamente apavorado.

— Eu achei que você não ia mais voltar! E você prometeu!

— Mas eu só passei um dia fora. Tive que ir pra escola e pra natação... Não podia entrar no jogo. Só consegui agora!

Coool_Gunter parecia devastado.

— Por que você não veio antes?

— Eu não podia faltar!

— Aqui se passaram três noites. Fiquei sozinho todo esse tempo!

— Mas...

— O tempo passa mais rápido aqui.

— Quando você se conectou de novo no jogo, Coool_Gunter?

Ele começou a dar voltas e voltas dentro do abrigo, impaciente.

— Algumas horas depois de acordar no mundo real... Na verdade, eu nem fui pra escola, nem... — ele a encarou desconfiado por um momento, então meneou a cabeça. — Nem nada.

Aquilo queria dizer que ele era um garoto em idade escolar, como ela. Quem será que ele era no mundo real? Poderia ser qualquer pessoa!

— Você faltou na escola pra jogar Minecraft?

— Ah, sei lá, como vou saber? O que importa é eu vim para o jogo depois de ler aquela mensagem. Você leu?

— Li. A gente precisa encontrar o portal para o Nether. E logo.

— Isso mesmo! Se você tivesse voltado antes...

— Não tenho culpa se você faltou na escola pra jogar — SuperSailorVChan retrucou, sentindo a mais pura vontade de sacar sua espada e acertá-lo. Como ele podia...? Argh! — Eu é que não ia faltar! Sou uma boa aluna!

— Tudo bem, eu não deveria ter feito isso... Eu me empolguei, tá? Mas não é mais só um jogo. Tem alguém em perigo e a gente precisa chegar a Far Lands!

— Então vamos logo, certo? — SuperSailorVChan abriu o baú e começou a recolher algumas coisas que precisavam levar na viagem. Provavelmente não voltariam mais àquele abrigo. — Chega de perder tempo.

Parecia que Coool_Gunter queria dizer algo, mas acabou se calando e ajudando na tarefa de recolher as coisas. Com a picareta, desfez as camas e guardou-as no inventário. Logo eles estavam prontos para ir.

O bioma de gelo era desolador. Não importava para onde olhassem, havia gelo e montanhas cobertas de neve por todos os lados. E mais frio ainda estava o clima entre SuperSailorVChan e Coool_Gunter. Tudo bem que ficar três dias sozinho naquele servidor devia ser assustador, mas ela não tinha culpa, tinha? Coool_Gunter era um garoto irresponsável por deixar de ir à escola para jogar. Mina nunca faltava, só quando estava doente ou algo muito sério acontecia. Ele não tinha nada que ter se conectado ao servidor antes de cumprir seus deveres. E certamente não tinha o direito de ficar bravo pelo fato de a garota ser responsável!

Eles seguiram para o norte, Coool_Gunter verificando o mapa em silêncio e comparando com as coordenadas que tinham recebido em uma das mensagens. Não estavam muito longe agora. No caminho, enfrentaram umas poucas aranhas e preferiram evitar os Creepers, que explodiam com estrondo, abrindo cavernas em meio ao gelo.

— Ei, SuperSailorVChan... Você já visitou o Ne...?

Mas SuperSailorVChan não deixou que Coool_Gunter terminasse a pergunta. Ela o cutucou e apontou. Bem à frente deles, uma nova forma apareceu. O bioma de gelo terminava para dar lugar a um deserto vasto e estéril. Mas nada disso era tão impressionante quanto a enorme construção vermelha escura que assomava, imponente e assustadora, em meio à areia.

— Putz, o que é esse negócio gigante? — SuperSailorVChan não conseguiu se conter e exprimiu seu espanto em voz alta. — Parece... uma fortaleza!

— As paredes são vermelhas... Seria tijolo de Nether?

— Mas não existem Fortalezas do Nether fora do Nether! E nós não estamos no Nether. Ainda.

— Pode ser uma fortaleza artificial. Alguém a construiu usando os tijolos do Nether. Vamos chegar mais perto e checar.

Mas quanto mais eles se aproximavam, maior e mais aterrorizante a construção se tornava. Ela parecia não ter fim, uma fortaleza gigante com torres majestosas, tochas iluminando suas paredes cor de sangue. Era impressionante. A noite, aliás, começava a cair depressa, e, quando finalmente estavam próximos do lugar, a lua já brilhava no céu de Minecraft.

— Olha lá — Coool_Gunter apontou para a entrada da fortaleza, onde havia uma ponte levadiça sobre um fosso de pura lava.

E não era só isso: Endermen cercavam a fortaleza. Eles conseguiam ouvir os sons monstruosos deles. SuperSailorVChan detestava Endermen, eram os *mobs* mais assustadores. E aqueles sons que eles faziam...

— A gente tem abóbora?

— Nada — ela respondeu, percebendo qual era a ideia dele. Se fizessem cabeças de abóbora, poderiam encarar os Endermen e eles não os incomodariam. Do jeito que estavam, teriam que evitar seus olhos se quisessem se manter seguros até atravessarem a ponte. — Precisamos manter a cabeça baixa.

Eles fizeram isso, aproximando-se com cautela. Guardaram as armas, para não atrair atenção dos *mobs*. SuperSailorVChan se sentia terrivelmente desprotegida sem o peso reconfortante da espada em sua mão.

— Tá vendo ali? Tem um botão — Coool_Gunter disse quando estavam próximos da fortaleza. Os Endermen andavam de um lado para outro, emitindo seus grunhidos assustadores. — Ele provavelmente aciona a ponte levadiça. Precisamos acertá-lo. Espero que tenha uma boa mira com o arco, porque eu sou péssimo.

— Mas isso vai chamar a atenção dos Endermen!

— Mantenha a cabeça baixa, lembra?

SuperSailorVChan apanhou o arco e as flechas em seu inventário. Se pudesse suar dentro do jogo, tinha certeza de que suas mãos estariam pingando. Ela sentia o estômago borbulhar de medo como aquela lava ao redor da fortaleza. Havia muitos Endermen. Se ela fizesse contato visual com algum deles sem querer...

— Cuidado para não olhar nenhum deles! — Coool_Gunter alertou novamente, dando-lhe um susto.

— Eu sei, eu sei! — ela retrucou, irritada, mirando a flecha na direção do botão.

A garota fechou um dos olhos, concentrada na tensão do arco. Só precisava manter a mão firme, só isso, e esquecer os Endermen ao seu redor. Uma pequena mira apareceu no seu campo de visão. Ela a centralizou no botão e...

E de repente várias coisas aconteceram.

Um Enderman entrou no seu campo de visão, bem quando ela estava mirando o botão com o arco erguido. Ele urrou, e foi como se mil formigas caminhassem pela pele de SuperSailorVChan. Ela gritou e soltou a flecha. Coool_Gunter gritou "CORRE!". O Enderman corria rápido na direção deles, seus olhinhos púrpura brilhando de fúria e maldade, mirando SuperSailorVChan bem no fundo dos olhos. Era como se ele a enxergasse por dentro.

Pelo menos algo tinha dado certo: a flecha fora certeira e acionara o botão. A ponte levadiça apareceu, criando uma passagem pela qual, aliviados, os dois passaram correndo. Os Endermen, porém, continuavam em seu encalço, e parecia que os demais tinham sido atraídos pelo primeiro, pois uma horda deles agora perseguia a dupla de jogadores. SuperSailorVChan quase podia sentir seu hálito de maldade bafejando em sua nuca, e por isso correu como nunca, forçando-se a não olhar para trás.

Depois do que pareceu uma eternidade, os dois finalmente cruzaram a ponte e Coool_Gunter sacou sua espada de ferro do inventário, golpeando o botão e arrancando a flecha de lá. A ponte levadiça se desfez ao mesmo tempo que vários Endermen mergulhavam na lava quente, seus gritos agonizantes penetrando não só dentro dos ouvidos de SuperSailorVChan e de Coool_Gunter, mas dentro deles mesmos. Era como se machucassem sua própria carne. Mina sempre detestara aquele som, com todas as suas forças. Se pudesse, taparia os ouvidos naquele momento, mas era impossível. Por isso, apenas assistiram aos *mobs* morrendo, enquanto vários outros os encaravam, os olhinhos brilhando de pura maldade, do outro lado do fosso de lava.

— Bem, parece que a gente não tem outra escolha senão seguir pela porta, né? — Coool_Gunter disse em tom de brincadeira, mas SuperSailorVChan sabia que nem ele achava aquilo engraçado, só estava disfarçando seu próprio medo.

Mas a frase dele tinha despertado outro pensamento incômodo na sua cabeça. E se eles realmente não tivessem *nenhuma escolha* dentro daquele jogo?

11 – COOOl_Gunter

— E tem outro jeito? — SuperSailorVChan retrucou, adiantando-se e ficando de frente para a grande porta de ferro que sinalizava a entrada da fortaleza.

Coool_Gunter daria de ombros se pudesse.

— Melhor do que voltar pelo lado daqueles caras lá de trás — disse, referindo-se aos simpáticos Endermen que cercavam toda a fortaleza. — Além do mais, nós estamos no lugar. — Ele sacou o mapa e mostrou-o à amiga. — Olha, são as coordenadas da mensagem. O Portal do Nether está dentro desse lugar.

SuperSailorVChan encarou a porta, desolada.

— Então vamos lá, certo?

Ela abriu as duas portas que compunham o portão e foi a primeira a entrar na fortaleza. Coool_Gunter a seguiu, ainda com a espada em punho, mas não havia nada lá dentro a não ser um salão enorme, com as mesmas paredes cor de sangue do lado de fora, iluminadas fracamente por várias tochas de *redstone*, que não faziam tanta luz quanto as tochas normais. O resultado era um ambiente opressivo e assustador. Parecia com uma das masmorras de Hogwarts onde Harry Potter fazia suas detenções com o Professor Snape.

Ou seja, o lugar era medonho.

— A escada está bloqueada por grades de ferro — SuperSailorVChan observou. — A gente pode tentar minerar, sei lá.

Ele a encarou, sentindo-se um pouco mal pela menina. Ela ainda não tinha se recuperado do ataque dos Endermen lá fora. Em outros tempos, talvez Coool_Gunter tirasse sarro da situação, zombasse dela, mas não agora. Ele sabia que não poderia culpá-la. A coisa toda tinha sido perturbadora, ele também ficara morrendo de medo. E o lance todo da flecha e do primeiro Enderman tinha sido um acidente.

— Ei... — ele começou devagar, sentindo-se envergonhado, mas forçando-se a falar. Tinha que fazer isso, era a coisa certa. Era como quando Finn admitira para a Princesa de Fogo que estava errado o tempo inteiro por tê-la manipulado. — O que aconteceu lá fora não foi culpa sua, SuperSailorVChan.

Ela virou de costas para ele. Parecia que queria evitar seus olhos, assim como tinha tentado evitar os olhos dos Endermen.

— Eu deveria ter tido mais cuidado. Não podia olhar nos olhos dele. Quase fomos pegos... E então, o que aconteceria?

— Mas não fomos. Estamos aqui, olha, estamos bem! Nós mostramos pra eles quem é que manda por aqui, SuperSailorVChan! E você acertou um tiro superlegal com o arco e flecha, eu nunca conseguiria ter acertado aquele botão! Aquele Enderman, ele era um panaca, ficou dançando a Macarena na sua frente, só isso.

SuperSailorVChan deixou uma risadinha escapar e, então, uma exclamação de susto.

— Que foi?! — Coool_Gunter perguntou, apavorado que fossem mais Endermen.

— Olha lá, Coool_Gunter! Tem um baú do outro lado do salão. E... tem uma placa com o meu nome em cima dele?

Coool_Gunter se virou para o outro lado do salão, o esquerdo, e encontrou o mesmo que SuperSailorVChan, só que, dessa vez, havia uma placa com o *seu* nome sobre o baú.

— Que coisa estranha. Será que deixaram isso aqui pra gente?

— Pode ser uma armadilha — SuperSailorVChan disse. — Podem ser baús com ganchos de armadilha.

— Mas a gente também não pode ficar sem checar! Eu vou ver o meu.

— Espere, Coool_Gunter.

E se houvesse vários itens lá dentro que poderiam ajudá-los? Eles não podiam perder essa chance. Coool_Gunter se sentiu confiante. Afinal, ele era quase o Homem de Ferro com aquela armadura completa.

— Além disso, a gente precisa arrumar um jeito de passar por aquelas grades de ferro. Não é possível que seja só minerando, SuperSailorVChan, esses baús estão aqui por uma razão!

Ela não parecia tão certa disso, mas não se opôs mais. Se fosse honesto consigo mesmo, Coool_Gunter admitiria que seu estômago estava borbulhando como a lava do fosso lá fora, cheio de medo. Mas ele sabia que precisava tentar, por isso, com cuidado, abriu o baú que tinha seu nome. E se espantou com o que viu lá dentro.

Havia um único item: uma espada de ouro encantada com *sharpness* e *fire aspect*.

— Uau! Olha que bacana, SuperSailorVChan! Vai lá e abre o seu baú.

Provavelmente aliviada por Coool_Gunter não ter perdido um braço ou coisa parecida, ela se dirigiu ao seu baú e o abriu rapidamente. Logo ela exibiu para ele um arco encantado com *power* e *infinity*.

— Irado! — ele exclamou, quando os dois voltaram a se encontrar no centro do salão. — Que presentes bacanas!

— É, mas quem os deixou aqui?

Era incrível, mas aquela garota tinha o dom de sempre fazer as perguntas difíceis e mais preocupantes.

— Que tal a gente só aceitar que demos sorte?

— Acho que não existe isso de sorte por aqui, Coool_Gunter.

— Tá. Vamos lá tentar quebrar a grade de ferro. Ver se temos alguma sorte?

Era só o que podiam fazer, afinal. Tinham que tentar até a coisa mais óbvia. Porém, quando se aproximavam da grade, SuperSailorVChan gritou:

— Cuidado! É uma armadilha!

Mas era tarde demais.

Os dois tinham pisado em placas de pressão que estavam no chão, logo à frente da escada. A explosão veio depressa, estourando seus tímpanos. Mas o pior não foi isso. O teto cedeu e, além dos itens de blocos de tijolos, caíram também dezenas de *mobs* doidos para acabarem com os dois jogadores.

Aranhas, zumbis, esqueletos, traças e até bruxas. Todos caíram aos montes, enchendo o salão e pondo-se a atacá-los. Os dois se entreolharam apenas por um instante, assentindo, e então começaram a enfrentá-los, usando as armas encantadas (era para isso que estavam lá, afinal. SuperSailorVChan tinha razão em ter medo dos "presentes". Ok, ele tinha que começar a prestar mais atenção aos conselhos da garota).

Enquanto o menino dava golpes certeiros como nunca nos monstros, algumas vezes destruindo-os de uma vez só, como poucas vezes tinha feito no jogo, SuperSailorVChan disparava infinitas flechas de seu arco, também matando vários *mobs* num só disparo. O problema era que os bichões eram muitos e continuavam caindo sabe-se lá de onde e aos montes, como se houvesse uma maldita fábrica de *mobs* lá em cima da fortaleza. E ainda havia as bruxas, que atiravam poções nos dois, atrasando-os e envenenando-os aos poucos.

O garoto sentia seus corações de vida escapando quando SuperSailorVChan gritou:

— Coool_Gunter, me dê cobertura!

— Quê?

— Só vem aqui e fica matando os monstros por dois segundos, faz favor!

Como não tinha um plano melhor, ele fez como ela pediu, mesmo que a menina não tivesse sido muito gentil. Tudo bem, não dava para ser bacana enquanto vinte monstros o atacavam, ele tinha que admitir. Gritando como um guerreiro em *World of Warcraft*, Coool_Gunter desferiu golpes e mais golpes nos *mobs*, enquanto SuperSailorVChan... *empilhava blocos de pedregulho?*

— Ei, que você tá fazendo, sua doida?

Ela o ignorou e continuou a empilhá-los até que estivesse fora do alcance dos *mobs*.

— Cara, não me deixa aqui!

— Para de chorar, Coool_Gunter! Agora, faz a mesma coisa que eu fiz com os seus pedregulhos! Eu te dou cobertura por aqui com meu arco — ela disse, e então começou a disparar flechas infinitas que passavam de raspão pelo cocuruto do garoto.

— Putz, grila!

Mesmo mais perdido que cachorro sem dono, Coool_Gunter começou a empilhar blocos de pedregulhos abaixo de si, até que alcançou a garota em altura. Ela parou de disparar flechas e olhou para ele com ar de quem sabe das coisas.

— A gente tinha que parar de ser *noob*. Não tínhamos chance contra aqueles *mobs*, nem com essas armas encantadas e mega suspeitas.

É, ela tinha razão, ele precisava admitir (de novo). Droga, por que ela sempre tinha razão? Tudo bem que ela tinha sido mesmo engenhosa, mas... Que saco! Ele decidiu desviar o assunto, tinha acabado de ver uma coisa e uma ideia surgiu na sua cabeça. Ele também sabia fazer planos.

— Tem duas escadas ali na parede, você viu? — E apontou para a parede vermelha, bem à frente deles. — A gente pode continuar usando nossos pedregulhos e fazer uma passarela até lá. Ah, e também seria bom fazer uma laje embaixo delas, só para não cairmos nessa piscina de monstros.

Os dois olharam para baixo, onde o mar de *mobs* ainda se agitava, indignados e famintos por suas presas.

— É uma boa ideia.

Nossa, ela tinha concordado com ele logo de cara! Surreal!

— Afinal, parece que a gente não tem outra escolha senão subir, né?

— Aí vem você dizendo essa frase de novo — ela retrucou, sombria. — Eu tenho uma sensação estranha quando você diz isso.

— Ué, mas não tem outro jeito mesmo.

SuperSailorVChan não discutiu. Os dois então se puseram a trabalhar, construindo a passarela com cuidado. Dava uma certa vertigem olhar para baixo e ver aquele monte de monstros. Ainda bem que Coool_Gunter não tinha medo de altura. SuperSailorVChan, no entanto, caminhava dura e até parecia meio verde, se é que isso era possível.

— Não olhe pra baixo — ele sussurrou.

— É melhor não falar comigo quando estou tentando não cair, Coool_Gunter!

Ok, ok, não estava mais ali quem falou. Eles continuaram trabalhando até que (que alívio!) conseguiram chegar na escada. Coool_Gunter terminou de fazer a laje protetora e os dois se puseram em frente à escada. Eles olharam para cima. Parecia infinita, nem dava para ver o teto.

— Pronta?

— E tem outro jeito?

— Então vamos.

E subiram. E subiram. E subiram! A escada parecia não ter mesmo mais fim e, quanto mais subiam, mais longe pareciam estar. Coool_Gunter já estava ficando desesperado quando SuperSailorVChan disse "Olhe!" e então, finalmente, havia um teto também de tijolos vermelhos e uma abertura pela qual as escadas sumiam de vista.

Quando ultrapassaram a passagem e adentraram o novo andar, viram-se em um novo salão, tão grande quanto o do térreo, mas dessa vez não havia nenhum baú, apenas um portal negro, repleto de obsidianas, com uma etérea névoa púrpura cintilando em seu centro.

Eles tinham enfim encontrado o Portal do Nether.

12 – SuperSailorVChan

O portal era enorme, bem maior que o necessário. Parecia uma grande boca maligna, prestes a engoli-los. A névoa púrpura fazia sua dança suave, convidando-os a visitar o Nether. SuperSailorVChan sentiu um arrepio. Ela detestava aquele lugar. Só o visitava no jogo por pura necessidade, já que havia itens preciosos e muito úteis que só existiam ali. Visitar o Nether *de verdade*? Ela não queria nem pensar naquilo, quanto mais fazer.

— Você já foi até o Nether, né? — Coool_Gunter perguntou.

— Claro que já — ela respondeu depressa demais, sentindo-se ofendida.

— Foi mal. — Nossa. Ele tinha notado? — É só que... Eu não gosto nadinha desse lugar. Já morri várias vezes nele.

— É... eu também, não sou muito boa lá. Os *mobs* são mais fortes.

Ela se sentiu um pouco envergonhada. Até que Coool_Gunter estava sendo muito legal; tinha falado aquelas coisas sobre o ataque dos Endermen e agora isso. Ela não precisava ficar na defensiva o tempo todo. Aquilo também não devia estar sendo fácil para ele, apesar de ele tentar fingir que era tudo uma grande aventura.

— Não tem problema! A gente é mais forte. Temos nossas armas encantadas legais e vamos chutar as bundas de todos eles!

SuperSailorVChan riu. Lá vinha ele de novo fazendo piada com a coisa.

— Além do mais, parece que a gente não tem outra escolha senão entrar no portal, né?

E lá estava ele com sua frase. Super... não. Mina sentia um arrepio de verdade ao ouvi-lo dizer aquelas coisas. O pensamento incômodo tomava mais força. E se eles realmente não tivessem nenhuma escolha? E se tudo fosse uma armadilha?

Aqueles "presentes" foram muito estranhos, e depois a avalanche de *mobs*. E havia o fato de que o servidor tinha capacidade para três pessoas e, no entanto, só ela e Coool_Gunter estavam ali. Ninguém mais aparecera. E ela tinha certeza de que, antes de acessar o servidor pela primeira vez, o jogo informava que havia duas pessoas conectadas. Uma era Coool_Gunter, claro. Mas e a outra pessoa?

— O que você tá pensando aí, toda quieta?

— Nisso que você falou agora. Que a gente não tem escolha. Não sei, Coool_Gunter, é tudo muito estranho. Aqueles baús lá embaixo...

— Oras, alguém pode ter deixado para nos ajudar. Afinal, ele sabia nossos nomes.

— Exatamente! Ele sabia nossos nomes, isso não é estranho?

— Bem, pode ser algo automático, vindo direto do servidor. Programação, sacas?

Mina meneou a cabeça. Seu pai era quem entendia dessas coisas, não ela, mas talvez fosse possível sim. Mas algo ainda a incomodava.

— E por que alguém que quer nos machucar deixaria armas pra gente se proteger? — Coool_Gunter perguntou, convicto, como se aquilo encerrasse a questão. — Esse alguém estava nos ajudando, pode até ser o usuário que vamos resgatar.

— Mas as armas não eram suficientes, Coool_Gunter. Elas eram pura enganação. A gente nunca conseguiria vencer todos aqueles *mobs*, nem com as armas encantadas. Havia bruxas, e as poções delas iam nos enfraquecer antes que pudéssemos terminar de liquidá-los.

O garoto se calou, talvez pela primeira vez sem ter palavras espertas para dizer. SuperSailorVChan não queria deixá-lo para baixo, mas eles tinham que pensar em todas as possibilidades, não?

— Mas o que a gente faz então? Desistimos?

Não, ela não queria isso. Era tarde demais para desistir, montar uma cama naquele lugar e apenas esperar pela próxima vez que acordariam em seu mundo. Aliás, eles nem sabiam se isso aconteceria. Estavam cientes disso quando se conectaram no servidor da última vez. E SuperSailorVChan realmente sentia isso, no fundo do coração. Era dessa vez. O final estava chegando.

— Não. Não dá pra voltar atrás agora. Nós não temos outra escolha senão ir até Far Lands, temos?

Coool_Gunter assentiu. SuperSailorVChan desejava que tivessem mãos de verdade para darem um ao outro, mas fizeram o possível e, juntos, atravessaram o Portal do Nether.

SuperSailorVChan tinha imaginado que visitar o Nether de

verdade de várias maneiras em sua cabeça, mas estar lá pra valer era muito diferente... e muito pior.

O lugar era devastado e horrível. Havia uma atmosfera pesada e o ar era carregado de poeira e cheiro de queimado. Havia vermelho por todo lado e até a pouca luz era avermelhada. Os blocos que constituíam o Nether, afinal, eram dessa cor, e aqui e ali ela encontrava Quartzos de Nether, que não seriam muito úteis agora, a menos que quisessem reunir mais pontos de experiência.

O fogo se espalhava por todo lado, ardendo sobre vários blocos, sinal de que Ghasts tinham voado por ali, e eles precisariam desviar dos blocos ardentes se não quisessem se queimar. Tudo, na verdade, parecia quente, até mesmo o chão que pisavam, as paredes. E o pior: não havia um céu para aliviar todo aquele terror.

Um dos maiores medos de um jogador em Minecraft é quando a noite cai. É a hora que os monstros aparecem em maior número e se tornam mais agressivos e, portanto, o momento mais perigoso do jogo. Por isso os abrigos e as camas, onde conseguiam descansar. Mas no Nether, eles não poderiam dormir. Era impossível, as camas explodiam! Não havia dia ou noite, não havia céu azul com nuvens ou negro com estrelas, não havia o sol ou a lua. Só o nada, a escuridão sem fim, a noite eterna e opressiva.

— Tem placas aqui, ó só! — Coool_Gunter disse, e então leu em voz alta o que dizia nelas:

Sigam o Nether até o fim
Sempre em frente!
Não abandonem a rota
Tentem não morrer agora
Vocês estão muito perto
Far Lands os espera

— Tem coordenadas aqui nessa última placa – o garoto continuou, após recitar os versos. — Ei, espera... Eu conheço esses números!

Ele abriu o mapa e SuperSailorVChan grudou a cabeça nele para ver também.

— Droga! Esqueci que os mapas ficam bagunçados dentro do Nether. Essa porcaria é inútil agora — Coool_Gunter disse, frustrado. — Mas eu me lembro dessas coordenadas, elas levam a Far Lands. Eu já tinha visto elas antes.

— Onde?

— Eu peguei num blog, da vez que fui ver Far Lands, por curiosidade. Fui de teletransporte, mas não funciona nesse servidor, já tentamos, lembra? Eu até tentei de novo, e não dá mesmo. O site não existe mais, está fora do ar. Tentei visitá-lo outro dia em casa, antes de entrar no jogo da última vez.

— Quando você tentou se teletransportar de novo?

— Quando você tava dormindo, ora. Aqueles três dias. Eu tinha que fazer alguma coisa!

— Você ia me deixar sozinha?!

— Claro que não. Eu memorizei as nossas coordenadas antes, para poder voltar se fosse preciso, mas nem consegui sair do lugar.

SuperSailorVChan ainda não estava muito convencida de que aquilo não tinha sido uma grande sacanagem, mas deixaria passar dessa vez, só por cortesia, já que ele tinha sido legal antes na Fortaleza do Mundo da Superfície.

— Pera, deixa eu ver esses números de novo.

Coool_Gunter saiu da frente, assim ela poderia ler a placa também. E havia mesmo algo muito familiar naqueles números, algo de que ela se lembrava.

— Ei, eu também usei essas coordenadas uma vez!

— Você também visitou Far Lands?

— Claro. Todo mundo tem essa curiosidade um dia. E eu entrei nesse mesmo blog... E ele não apareceu quando eu procurei por Far Lands, na época em que recebemos a primeira mensagem do servidor. Eu fiz uma superbusca no Google, o blog saiu do ar!

Ela se virou para Coool_Gunter, temerosa.

— Você não acha estranho que nós dois tenhamos usado essas coordenadas, visitado esse mesmo blog e agora estejamos aqui, juntos?

O silêncio ali era tão opressor quanto aquele lugar. Coool_Gunter parecia pensativo e não respondeu por um longo tempo. SuperSailorVChan estava prestes a desistir quando ele disse:

— Seja lá o que for, agora a gente vai descobrir. E enfrentar. Vamos chutar algumas bundas por aí, SuperSailorVChan!

Pensando bem, nem parecia que, apenas àquela manhã, eles tinham brigado feio e nem estavam se falando por todo o caminho. Olhando para o amigo agora, SuperSailorVChan sabia que o desentendimento estava morto e enterrado, tanto para ele, quanto para ela. Se há uma grande verdade no universo é que amigos de verdade brigam para valer, mas depois fica tudo bem. E, depois de tudo aquilo, ela tinha certeza de que Coool_Gunter era seu amigo.

Ele parecia novamente animado e cheio de energia. Ela não conseguiu deixar de admirá-lo. Naquele momento, Mina gostaria não de ver a *skin* do personagem de Finn, mas sim do verdadeiro Coool_Gunter, o garoto por trás daquele personagem. No final, eles não precisavam daquelas fantasias, de se esconder atrás de personagens de desenhos animados. Ela adorava Sailor Vênus, mas a verdade é que ela era Mina e, assim como seu amigo, era a heroína de sua própria aventura.

Mas as coisas eram daquele jeito. Eles não poderiam desconectar agora e mudar suas *skins*. Mina sequer tinha uma *skin* customizada, talvez Coool_Gunter tampouco tivesse uma. Será que um dia ela descobriria quem aquele garoto era de verdade?

Talvez a resposta, assim como a solução para todo aquele mistério, também estivesse no final da jornada. Em Far Lands.

No Nether é preciso avançar com cuidado. Em um lugar onde a escuridão não tem fim, os *mobs* podem aparecer a qualquer momento. Os primeiros que encontraram não eram hostis, o que foi um alívio. Eram homens-porcos zumbis, e eles não os incomodariam contanto que não fossem incomodados. SuperSailorVChan e Coool_Gunter passaram por eles sem serem notados e apenas continuaram seu caminho em linha reta, como a mensagem tinha instruído. De vez em quando Coool_Gunter até tentava usar o mapa, pelo menos para ter alguma noção de onde estavam indo, mas a coisa era uma confusão danada.

O segundo *mob* que encontraram, porém, não era tão amistoso.

Estavam minerando uma passagem quando uma bola gigante de fogo veio na direção dos dois. SuperSailorVChan conseguiu se desviar bem a tempo, mas Coool_Gunter não teve tanta sorte e foi atingido em cheio. Ele começou a pegar fogo e perder vida rapidamente.

— Corra! Corra! — a garota gritou. — O fogo vai se apagar, mas corra!

E então os dois correram como nunca, desviando-se de mais bolas de fogo que o gigantesco Ghast disparava, flutuando ameaçadoramente em meio às montanhas devastadas do Nether. SuperSailorVChan apanhou seu arco encantado do inventário e se virou para tentar alvejar o monstro, mas fazer isso ali não era a mesma coisa que atrás de uma tela de computador.

Olhar para o Ghast era como se descobrir dentro de seu maior pesadelo, sem seu pai ou sua irmã para acalmá-la, nem cobertas para se esconder. E era exatamente isso que estava acontecendo ali. Uma nova bola de fogo explodiu bem ao seu lado, fazendo com que SuperSailorVChan desistisse da ideia; ela tratou de não olhar mais para o monstro e sim para a frente. E que bom que estava fazendo isso, porque foi assim que viu uma Fortaleza do Nether. Uma de verdade dessa vez.

— Olha, Coool_Gunter! A gente pode se esconder lá, vamos!

— Argh! Odeio cenoura! — Coool_Gunter disse de repente. Ele já tinha parado de pegar fogo, mas estava mais lento que a garota e parecia fraco.

— Quê?!

— Odeio cenoura! — E então ela ouviu o som característico de mastigação no Minecraft. — Foi a primeira coisa que me apareceu no inventário. Preciso me recuperar um pouco antes que comece a tropeçar nas minhas próprias botas.

— Acho que a gente não tem tempo pra sentar e comer bolo em uma mesa como se deve, mas se você quiser tentar, fique à vontade — SuperSailorVChan retrucou com ironia.

— Dispenso, mas valeu. Deixa o bolo pra outra hora.

O Ghast chiou como um gato assustado, e então eles desviaram de outra enorme bola de fogo antes de pular atrás de um muro alto de tijolos do Nether. Tinham finalmente alcançado a fortaleza. Coool_Gunter depressa se escorou na parede, seu corpo todo trêmulo, enquanto continuava comendo para se recuperar. Dessa vez pães, ao invés de cenouras. Eles ainda conseguiam ouvir o chilro do Ghast lá fora; era assustador, mas pelo menos ele tinha parado de atirar bolas de fogo neles.

— Você tá bem?

— Cheguei a ficar com dois corações de vida — Coool_Gunter respondeu. — Recuperei alguns. Me dê mais alguns minutos sem nenhum *mob* maluco tentando nos matar e acho que vou sobreviver.

Aquela tinha sido mesmo por pouco. Ele a deixou com seus próprios pensamentos sombrios enquanto se recuperava. Algum tempo depois (e vários pães consumidos; Coool_Gunter tinha plantado trigo e cozinhado bastante naqueles três dias em que SuperSailorVChan esteve fora), o amigo já estava pronto para outra e fazendo piadas novamente.

— Por que essa cara de Creeper, triste? Vamos explorar essa fortaleza, garota!

Dito e feito, os dois começaram a explorá-la. Encontraram alguns *mobs* no caminho, Blazes em sua maioria, e Coool_Gunter resolveu exibir suas habilidades com a espada encantada de ouro. SuperSailorVChan preferiu não interferir; o garoto parecia com a moral meio baixa depois do fiasco contra o Ghast, um pouquinho de aventura e alguns *mobs* destruídos não faziam mal a ninguém, não é? Além disso, ela estava mais preocupada em recolher as varas incandescentes que usaria mais tarde para preparar uma mesa de encantamentos. Aquelas armas encantadas que possuíam não durariam para sempre.

Não demorou muito para encontrarem justamente o que SuperSailorVChan queria: areia das almas com uma plantação de Fungo do Nether. Ela recolheu tudo, animada pela primeira vez desde que tinham chegado àquele lugar desolado. O fungo era indispensável para fazer poções, algo de que precisariam mais tarde. Mais do que nunca, precisavam se proteger no Nether e, quem sabe, do que os esperava em Far Lands.

Mal ela sabia que as coisas poderiam piorar e muito.

Se o Nether era o inferno em Minecraft, Far Lands era mesmo o fim do mundo.

13 – COOOl_Gunter

Quando Coool_Gunter sugeriu improvisarem um abrigo ali na fortaleza mesmo, ele achou que SuperSailorVChan iria ser do contra, mas ela aceitou na hora. Eles não poderiam dormir, é claro, mas poderiam pelo menos descansar, fazer comida (havia vários cogumelos, frangos e coelhos crus que dariam ótimos assados) e preparar novas ferramentas antes de continuar a jornada.

Usando alguns pedregulhos, fecharam uma parede em um local protegido de monstros e, enquanto Coool_Gunter cozinhava, SuperSailorVChan criou uma mesa de encantamentos e um suporte para poções. O garoto precisava admitir que estava impressionado. Tudo bem que alguns itens ele cedera para a amiga, enquanto outros os dois recolheram em um baú que encontraram na fortaleza, mas SuperSailorVChan tinha realmente se preparado. Sequer tinha passado pela cabeça do menino trazer ingredientes para fazer livros, por exemplo. Ele até parou por um instante o que estava fazendo para observá-la.

— Você parece a Hermione debruçada nessa mesa de encantamentos e preparando todas essas poções — ele comentou, rindo.

A menina se virou para ele, ainda mais animada. Ele não podia negar que era muito legal que ela estivesse de bom humor. Tinha sido muito chato a briga naquela manhã, mas agora a coisa toda já estava tão distante que nem parecia que tinha acontecido de verdade. Era estranho pensar em como ele estava bravo com ela no começo daquela aventura, irritado por precisar viajar com aquela garota meio maluca, mandona e um tanto violenta. Agora, entretanto, ele achava todas essas coisas qualidades bem bacanas: ela não era maluca, era divertida; não era mandona, só tinha sua própria opinião (e estava certa várias vezes); não era violenta, mas sim forte e uma grande aliada. Ele bem que gostaria de conhecê-la fora do jogo.

— Você lê Harry Potter? — ela perguntou, virando-se para ele. Seus olhos pareciam brilhar, como só um fã de verdade fazia.

— Claro, ué. HP é irado.

— É, acho que gostei de ser como a Hermione. E se eu sou como ela, quem você seria?

— Rony, é claro. Meu personagem favorito. E ele é ruivo como eu.

Ele não entendeu por que ela tinha ficado tão sem graça depois que ele disse isso. Vai ver era alguma coisa que acontecia mais pra frente na história, ele só estava começando a ler o quarto livro. Melhor não perguntar, vai que ela soltava algum *spoiler*. Seja lá como for, a garota voltou a fazer suas poções de bruxa. Pelo menos não estava brava com ele, só meio irritada porque confundiu Fungo de Nether com olho de aranha duas vezes enquanto preparava uma poção venenosa.

— Por que uma poção venenosa? Eu costumo usar essa mais quando encontro usuários, não *mobs* — ele perguntou quando ela lhe entregou dois frascos.

— Só por precaução.

Pela cara dela, não parecia que era só isso, não.

— Você acha que tem mais alguém nesse servidor além da gente?

— Ele tem capacidade pra três usuários, lembra? Havia dois usuários conectados quando entrei, um deles era você, mas e o outro? Você reparou nisso antes de entrar, né?

— Claro que eu vi.

(Ele nem lembrava mais desse detalhe, para ser sincero, mas não ia admitir de jeito nenhum.)

— Mas pode ser o usuário que estamos indo salvar — ele sugeriu.

— É, pode ser — ela respondeu, misteriosa, e se voltou depois disso para a mesa de encantamentos.

Depois que ela terminou tudo, eles agora tinham duas espadas de diamante encantadas com *sharpness e knockback*, outro arco com *punch* e *flame* e armaduras com vários tipos de *protection*. Além disso, possuíam um estoque respeitável de poções: algumas venenosas (ele ainda não entendia o porquê), várias de cura e de força, uma de fraqueza e duas de dano.

Sentindo-se mais fortes e confiantes, deixaram o abrigo e continuaram a jornada pelo Nether. Coool_Gunter esperava não ter mais nenhum problema com Ghasts, especialmente, ou com nenhum *mob*. É claro que isso era uma esperança ridícula.

— É naquela direção — o garoto disse, enquanto os dois jogadores se escondiam atrás de um amontoado de blocos vermelhos.

— Você tem certeza? — SuperSailorVChan insistiu. Sua voz ecoava o medo que sentia.

Ele sabia o porquê. E também não estava nada feliz com o caminho. Suas entranhas se embrulhavam só de pensar em passar por aquele lugar. Precisariam descer um grande abismo, escorando-se nos blocos das paredes. Provavelmente teriam até que minerá-las um pouco. Aquilo os deixaria expostos aos *mobs*. E não havia poucos ali. Dois Ghasts flutuavam, emitindo seus sons arrepiantes de lamentação, enquanto, lá embaixo, havia um festival de homens--porcos zumbis, Blazes, esqueletos Wither e até mesmo cubos de magma. Coool_Gunter os achava nojentos e irritantes: se você tentasse atingir aquelas gosmas, elas simplesmente se dividiam em mais formas menores, e logo havia uma população bizarra de cubos de magma.

— Eu tenho certeza, SuperSailorVChan. Chequei o mapa umas trinta vezes já. Ele tá bugado, mas, se você olhar bem, dá pra ver que estamos em linha reta — ele entregou o item para ela. — Toma, olha você.

A conclusão da garota, óbvio, foi a mesma. Mas ele não estava irritado. Era desesperador saber que o único caminho era aquele. Eles deviam estar próximos das coordenadas agora, e, se forçasse bem a visão, Coool_Gunter conseguia até enxergar uns blocos bem escuros alinhados, que só podiam ser uma coisa: obsidiana.

— É lá que a gente precisa ir — ele apontou o lugar para a amiga. — Só pode ser o portal que nos levará para fora do Nether.

— E para Far Lands — ela disse, sombria.

— Não tem jeito. A gente tem que ir até lá.

— Certo, mas precisamos de um plano primeiro. Se ao menos nós tivéssemos creme de magma... Eu poderia preparar uma poção para nos tornar resistentes ao fogo.

Eles se debruçaram sobre o abismo, tentando encontrar algo que os ajudasse. E foi então que Coool_Gunter o viu: um cubo de magma pulava de um lado para outro na borda, a apenas alguns blocos de distância.

— Ei, o que você tá fazendo? — SuperSailorVChan perguntou, assustada, quando percebeu a jogada de Coool_Gunter.

— Eu vou atrai-lo pra cá.

— E se um Ghast vir você?

— Aí eu só vou precisar da sua uma ótima mira com o arco.

— Coool_Gunter...

Ela ainda parecia com medo, mas deixou de discutir e apenas se equipou com seu arco encantado. Coool_Gunter assentiu para ela e começou a descer com cuidado os blocos que o separavam do cubo de magma. Ele só esperava que não fosse preciso lutar contra o Ghast tão cedo.

É claro que as coisas nunca saem como a gente espera.

Uma sequência atordoante de coisas se sucedeu.

Primeiro, Coool_Gunter acertou um golpe no cubo de magma com uma espada simples de ferro; o bicho se irritou e pulou para cima do garoto, que voltou a subir os blocos, até que uma enorme bola de fogo veio em sua direção. Ele desviou, mas aquilo inutilizou a escada de blocos que usaria para voltar. O garoto olhou para cima e viu flechas voando em direção ao Ghast. SuperSailorVChan, é claro. Agora precisava encontrar outra boa formação de blocos para subir.

O cubo de magma o acertou. Ele sentiu alguns corações de vida se extinguindo enquanto seu corpo pegava fogo. Correu, comendo outra das suas malditas cenouras, o bicho vindo em seu encalço. Espera, o que ele estava fazendo? O garoto se virou e, cara a cara com ele, empunhou a espada de ouro encantada. Aquele bichão ia se ver com ele. Coool_Gunter agora estava no veneno!

Após dois golpes, o bicho se dividiu em outros dois, mas o garoto não desanimou. Continuou golpeando, gritando, *GAAAAHHHHH,* ele era o próprio Finn e ele...

Não. Ele era Davi, e ele era um herói!

Finalmente, os cubos de magma sumiram, deixando para trás os cremes de magma. No final, até tinha sido bom eles terem se dividido. Ele olhou para cima e sorriu. O Ghast enorme que os perseguia agora agonizava, um som terrível, mas estava definitivamente morto. SuperSailorVChan tinha conseguido.

O garoto voltou a subir, encontrando-a no mesmo lugar, o arco ainda em mãos.

Tinha dado certo! Coool_Gunter se sentiu tão feliz que sua vontade era correr até ela e abraçá-la. Ele até fez isso, mas no último instante se lembrou de que isso era impossível em Minecraft, e... além do mais... Ela ainda era uma garota.

SuperSailorVChan agiu bem diferente dele.

— Você podia ter morrido lá embaixo! Moleque estúpido!

Pronto, lá vamos nós...

— Eu consegui os malditos cremes de magma, não foi?

— Argh! Me dá isso aqui.

Ela apoiou o suporte para poções sobre um dos blocos do Nether, trabalhando em silêncio, até que, instantes depois, entregou uma poção de resistência ao fogo para Coool_Gunter. Segurava outro frasco igual.

— A gente tem três minutos para atravessar esse inferno.

— Bem — Coool_Gunter disse, erguendo o frasco da poção —, à nossa saúde então!

E então eles beberam. O gosto não era muito bom, parecia uma mistura horrível de remédio para gripe com pão queimado. Depois disso, foi como se um relógio fizesse uma contagem regressiva dentro de sua cabeça; ele não via com os olhos, mas sabia que estava lá, os números cada vez mais próximos do zero.

— Vamos logo! — SuperSailorVChan disse, ainda com o arco equipado.

Eles começaram a descer. Enquanto a garota usava o arco para abater alguns *mobs* que os avistaram ainda nos blocos, Coool_Gunter minerava, formando escadas que pudessem usar. A coisa estava indo bem até que o outro Ghast os viu e começou seu lamento. Mas, dessa vez, eles estavam protegidos. Foi estranho ser atingido pelas bolas de fogo e nada acontecer. Mas havia ainda a sensação do impacto, como se alguém tivesse te atingido bem no estômago durante uma partida de queimada.

Quando finalmente chegaram no chão, Coool_Gunter trocou a picareta de ferro pela espada de ouro, e abateu dois esqueletos Wither. Enquanto isso, SuperSailorVChan continuava a atirar sem parar com o arco.

— A gente precisa correr — Coool_Gunter gritou em meio à confusão — e achar o maldito portal! Nosso tempo tá acabando!

— Eles são muitos no nosso caminho! — SuperSailorVChan disse. — Droga, vou ter que usar uma das poções!

E então ela atirou uma das poções de dano. Alguns *mobs* caíram, sumindo em meio à fumaça, e eles conseguiram passar correndo.

— Ali, o portal! — Coool_Gunter apontou. Mas havia um pequeno problema. — Ele tá apagado? Sério mesmo? Ferrou.

— Você não tem um isqueiro? — SuperSailorVChan perguntou.

— Achei que você tinha aí na sua bolsa mágica! Você não tinha feito um há algum tempo atrás?

Agora ela parecia bem irritada.

— Que saco! Eu não consigo carregar tudo! Tive que descartá-lo para guardar outras coisas! Por que você nunca carrega nada?!

— Ah, meleca. O que a gente vai fazer?

— Só tem um jeito — ela disse, e então parou, atirando uma flecha na direção do Ghast, errando de propósito.

— O quê...? Você vai atrair a atenção dele?

— É isso ou nada!

— Mas o tempo da poção de resistência ao fogo tá acabando!

SuperSailorVChan, porém, estava decidida. Ela continuou provocando o Ghast até que ele lhe deu atenção e começou a soltar as bolas de fogo. Nenhuma delas a machucava, mas Coool_Gunter sabia que a vantagem seria por pouco tempo: faltavam só dez segundos para o efeito da poção terminar.

A garota se colocou na frente do portal apagado, saltando e atirando flechas. O Ghast, irritado, soltou três bolas de fogo seguidas. Faltavam cinco segundos. Uma delas passou por dentro da formação de blocos de obsidiana. Três segundos. O portal acendeu.

Dois segundos.

— Vamos!

Não foi preciso dizer duas vezes. Coool_Gunter subiu no portal. SuperSailorVChan olhou determinada para ele.

Um segundo.

Teria sido legal poderem dar as mãos.

A luz púrpura tremeluziu.

O mundo mudou.

E de repente Coool_Gunter não estava mais olhando para SuperSailorVChan.

14 – SuperSailorVChan

Aquele não era mais Coool_Gunter. Pelo menos, não o que ela conhecia desde o início do jogo.

SuperSailorVChan recuou, assustada. Era noite, a lua estava alta, e eles pareciam estar em um bioma de floresta. Mas, inesperadamente, o bioma terminava em uma enorme parede irregular. Havia buracos nela, como se um programador tivesse artisticamente desenhado as formações sinuosas de blocos. Mas ela sabia que não era isso. Era só um *bug*. Era onde o mundo de Minecraft parava de gerar.

O fim do mundo. Far Lands.

Mas não eram bem essas coisas que a enchiam de medo. Era o garoto que a encarava assustado, o garoto que deveria usar a *skin* de Finn, o Humano, mas agora usava uma *skin* completamente diferente. Ele vestia uma camiseta azul, calças pretas, tênis brancos e uma cotoveleira vermelha. Mas o que mais chamou sua atenção foram seus cabelos ruivos e os olhos azuis. Ela conhecia uma pessoa igualzinha a ele. E Coool_Gunter tinha dito antes que faltara à aula para jogar...

— Ei! Você! Quem é você?! — O garoto perguntou, apontando para ela, espantado.

— Eu sou a SuperSailorVChan, oras! E você?

— Coool_Gunter. Oras! Caramba, como você mudou!

— Eu também mudei? — Ela tentou ver a si mesma, mas só conseguia enxergar suas mãos expostas (antes ela usava luvas brancas), os sapatos cor de rosa e a saia marrom.

— Claro que mudou! O seu cabelo é todo preto e comprido, não loiro como era antes. E você tá com uma roupa roxa.

O garoto parecia pensativo. Será que ele também poderia estar juntando as peças, assim como ela? Mas seria possível? Quer dizer, uma *skin* de Minecraft não é muita coisa para reconhecer uma pessoa. Não dá pra dizer que Coool_Gunter era quem ela estava pensando só de olhar uma *skin* toda quadriculada.

— Ei, vocês dois! Estão se divertindo? Eu que fiz essas *skins* igualzinhas a vocês!

Todo o corpo de SuperSailorVChan se arrepiou ao ouvir aquela terceira voz. Ela empunhou o arco e mirou. Foi quando o viu. Era um usuário!

Ele tinha os cabelos castanhos e usava jeans. Vestia uma capa preta e comprida e, o mais estranho de tudo: um chapéu azul de bruxo. Um nome flutuava acima de sua cabeça: Eriol_ClowReed52.

— O que é isso na sua cabeça? — Coool_Gunter perguntou.

Ok, aquela não era exatamente a pergunta que SuperSailorVChan queria fazer. Estava óbvio que o garoto era fã de Sakura Card Captors, ou não usaria um nome de usuário como aquele. Mas aquela informação e nada era a mesma coisa.

— Quem é você? Foi você que mandou as mensagens pra gente?

— Você é o usuário em perigo? — Coool_Gunter disparou logo em seguida.

O desconhecido pareceu sorrir e meneou a cabeça de um lado para o outro. Ele meio que flutuava sobre aquela parede confusa e sinuosa de blocos da Far Lands. O arrepio não abandonou SuperSailorVChan. Ela não conseguia confiar naquele cara.

— Sim e não — ele respondeu, misterioso. — Sim, eu mandei as mensagens para vocês. Talvez eu esteja em perigo. E talvez eu esteja exatamente onde desejo estar.

O sorriso dele cresceu.

SuperSailorVChan ouviu um som que conhecia muito bem. Eram Endermen, vindos de toda parte, tanto da floresta atrás deles quanto da massa sinuosa de blocos que era a Far Lands, caindo aos montes na grama.

— Mas o quê? A gente veio aqui para ajudar você! — Coool_Gunter gritou desesperado enquanto resgatava do seu inventário a espada de diamante que SuperSailorVChan tinha encantado para ele.

Eriol_ClowReed52 riu e fez uma das coisas que SuperSailorVChan mais temia.

Invocou Whiters. Não apenas um, mas dois deles.

— Putz, grila! Ferrou! — Coool_Gunter praguejou. — Você sabe matar esses caras?

— Sei, mas eles são muito difíceis — ela disse empunhando o arco e colocando a armadura de volta. De alguma maneira, aquele usuário tinha removido suas armaduras encantadas, mas elas ainda estavam no inventário. O amigo a imitou, vestindo a dele também. — Era uma armadilha o tempo todo, Coool_Gunter!

— Agora não dá mais pra correr. Temos que enfrentá-los.

— Cuidado com os projéteis. E use a espada de diamante que eu te dei! Esses bichos se regeneram!

Os Withers começaram a disparar aquelas coisas medonhas que se pareciam com suas cabeças. Elas atingiam os blocos de grama, os poucos *mobs* de animais que circulavam por ali e até os Endermen, sem distinção. SuperSailorVChan e Coool_Gunter começaram a correr, desviando-se dos projéteis. A garota usava seu arco, tentando tirar um pouco de vida dos monstros, enquanto o amigo a protegia com a espada, destruindo os Endermen que se metiam com eles. Enquanto isso, Eriol_ClowReed52 apenas observava com um sorriso sinistro no rosto, parecendo se divertir com o desespero deles.

— A gente tem que subir em um ponto mais alto! — Coool_Gunter disse em algum momento. — A gente se livra dos Endermen e aí poderemos usar a espada também!

E lá estavam os blocos de Far Lands. SuperSailorVChan sabia que eles eram imateriais quando se visitava o lugar no modo criativo, mas agora eles estavam em um servidor insano, dentro do jogo. As regras não eram as mesmas ali. Eles precisavam tentar.

Enquanto soltava mais flechas, ela indicou o lugar para o amigo, e os dois correram juntos até uma sequência de blocos onde conseguiriam subir. Era um terreno estranho e sinuoso, com buracos enormes entre as paredes, que davam em abismos assustadores. Se eles caíssem, era *game over*.

— Cuidado!

— Nem precisa dizer — o amigo respondeu, e o medo que ecoava na sua voz dizia tudo. SuperSailorVChan sabia que devia soar da mesma maneira.

Um Wither flutuou na direção deles. Era horrível vê-lo tão de perto, com suas três cabeças ameaçadoras encarando-os. SuperSailorVChan sacou uma de suas poções de fraqueza e arremessou nele. Ao mesmo tempo, Coool_Gunter usou sua espada encantada com *sharpness*, que causou um grande dano no monstro. SuperSailorVChan trocou para o arco encantado com *flame* e fez o monstro pegar fogo. Então os dois, juntos, investiram com suas espadas até o bicho ser destruído.

— Parabéns, vocês dois! Mas será que conseguem me vencer? — Eriol_ClowReed52 se aproximou, flutuando na direção deles. Tinha uma espada de diamante encantada na mão.

— Que porcaria de vodu é esse? — Coool_Gunter perguntou. — Como é que você tá flutuando? A gente nem tá no modo criativo!

— Por que você atraiu a gente aqui? O que pretende com isso tudo?

O usuário se virou para SuperSailorVChan. Seus olhos vermelhos faiscavam, malignos.

— Pensei que pra uma garota inteligente como você, Minako, isso fosse óbvio.

Coool_Gunter arregalou os olhos.

— Mi-Mina... Minako?!

Mina não respondeu. Não conseguia. Estava paralisada de choque e medo. O usuário continuou:

— Eu os atraí aqui para me salvarem, oras. Eu realmente estou preso nesse servidor de Minecraft. Sozinho há um bom tempo, com meu corpo em coma no mundo real.

Era uma piração completa, mas ele parecia falar muito sério. E Mina, estranhamente, acreditava nele.

— Isso é doideira! — Coool_Gunter disse. — Não é possível!

— Ah, não é possível? — Ele retrucou, irritado. — Como vocês estão aqui então?

Mina se virou para o amigo.

— Quando a gente dorme aqui, acorda no mundo real, Coool_Gunter. O que ele diz faz sentido.

Ela não gostou do que tinha visto nos olhos dele. Coool_Gunter parecia distante de alguma maneira, confuso, quase como se sentisse traído, excluído.

— A gente tá em coma, então? — O garoto se virou para Eriol_ClowReed52.

— Ainda não — retrucou o outro, ameaçador. — Mas pelo menos um de vocês vai ficar.

Tudo aconteceu muito rápido. Eriol_ClowReed52 avançou para eles, a espada de diamante em punho, e golpeou Coool_Gunter. Não houve tempo para que ele revidasse; a espada estava encantada com *knockback*, e o garoto foi jogado para trás, voando pelo menos cinco blocos.

— Não! — SuperSailorVChan gritou, correndo atrás dele.

Coool_Gunter estava se segurando com a ponta das mãos num bloco de grama, seu corpo balançando perigosamente sobre um abismo negro e profundo.

— Mina!

Ele me chamou pelo nome, a garota pensou. Aquilo a encheu de energia.

— Me dá sua mão, Davi! Eu te puxo!

Era ele, ela podia ver em seus olhos. Ela tinha acertado. Era Davi ali, seu colega irritante de escola, o mesmo menino chato que competia com ela na natação. Só que agora ele não parecia mais assim para ela. Agora ele era Davi, o Coool_Gunter. Seu companheiro de aventuras. Seu amigo.

— Eu não sei como fazer isso, Mina...

Ele estava escorregando. O usuário ria atrás das costas da garota.

— Você consegue! — Ela não sabia que podia chorar em Minecraft, mas sentia as lágrimas quentes brotando de seus olhos. — Vamos, você consegue!

— Não — ele retrucou, cheio de coragem, apesar de tudo. — Você consegue, Mina. Você consegue vencê-lo.

E então Coool_Gunter caiu no abismo.

15 – COOOl_Gunter

— Davi! Davi!

Alguém chocalhava todo seu corpo. Era a voz de uma garota. Mina?! Ele estava em Minecraft. Tinha sobrevivido!

Mas quando o garoto abriu os olhos, foi a imagem do rosto desesperado e molhado de lágrimas de Melissa, sua irmã mais velha, que viu acima de si. Ela arregalou os olhos e gritou:

— Mãe! Pai! Ele tá acordado!

— Ai, meu Deus! Graças a Deus, filho!

Era tudo uma confusão danada. Ele tentou se sentar, mas não conseguiu. Estava dentro de um espaço pequeno, as pernas mal conseguiam se esticar. Sentiu um movimento brusco e então a brecada forte. Viu o teto cinza do carro de seu pai sobre sua cabeça, por cima do rosto choroso de Melissa.

— Miguel, presta atenção no trânsito! — Era a voz da sua mãe. Ela o encarava do banco da frente, o rosto também lavado de lágrimas, os cabelos ruivos espetando para todos os lados. — Meu filho, graças a Deus!

Ele sentiu o movimento debaixo de si quando o carro voltou a andar. Estava deitado no colo da irmã, que, inexplicavelmente, fazia carinho em seu cabelo.

— Davi, que susto você deu na gente, peste!

— Melissa, não fala assim com ele! Filho, você tá bem?

— A gente ainda vai pro pronto-socorro? — Era a voz do seu pai, vinda do banco do motorista. — Hein, Débora?

— Claro que vamos! Sabe-se lá que ataque foi esse do Davi. Ele ficou dormindo por mais de dezesseis horas, Miguel!

— Eu não preciso ir pro hospital — disse Davi. Tentou se sentar, mas a irmã o impediu. De repente um desespero tomou conta dele: se estava no mundo real, o que tinha acontecido com Mina em Minecraft? — Preciso voltar pra casa!

— Nada disso, mocinho — a mãe disse, firme. Ele detestava quando ela o chamava de "mocinho". — Nós vamos para o pronto-socorro e não tem nem A nem B!

Não teve jeito. Os pais o obrigaram a ir parar no hospital mesmo depois de ele ter acordado completamente bem no carro. Davi descobriu que tinha ficado dormindo por muitas horas. Os pais tinham saído muito cedo de casa, uma emergência qualquer no consultório. Ficou a cargo de Melissa acordá-lo para a escola, mas, como ele se recusava, ela acabou deixando-o dormir, achando que era só vadiagem.

Não era a primeira vez que acontecia algo assim, Davi não era lá um exemplo de disposição quando se tratava acordar cedo e ir para a aula. E, segundo a irmã, ele tinha resmungado algo de olhos fechados, na verdade xingando-a de "chata" e "pirada" (e a coisa mais incrível é que ele se lembrava de realmente ter dito isso *dentro* de Minecraft, quando viu que Mina ainda estava dormindo e não tinha retornado). Melissa se irritou e decidiu não se preocupar, ele parecia bem, afinal não tinha febre nem nada (e agora ela estava se culpando a cada cinco minutos por não ter reparado que ele provavelmente estava doente).

Mais tarde, Melissa foi a primeira a chegar, depois da escola, e encontrou Davi dormindo. Deixou-o lá por mais algum tempo, achando que era preguiça, e ainda estava brava com o irmão, mas depois achara estranho tudo aquilo. Tentara acordá-lo de todas as maneiras (segundo ela, até jogando um copo de água no seu rosto), mas ele simplesmente não abria os olhos.

— Eu sinto muito! Pai, mãe, me desculpem! — ela dizia, chorosa, mais tarde, no pronto-socorro, enquanto esperavam. O pai a abraçava, tentando consolá-la, mas a mãe ainda parecia muito nervosa para demonstrar qualquer compreensão.

— Você tem é que pedir desculpas para o seu irmão, Melissa! — A mãe disse, abraçando Davi tão forte que quase o sufocava. — Era sua responsabilidade cuidar dele!

— Vamos, Débora. Ela está arrependida. — Lá estava o pai tentando botar panos quentes na situação. Era o que ele mais fazia dentro de casa. — Além disso, o Davi está bem, não é, filhão?

— Estou. E preciso voltar pra casa!

— Não antes de ver o médico, mocinho!

É claro que o médico não achou nada de errado. Receitou uma vitamina e exercícios. A mãe não se conformava enquanto voltava para o carro, reclamando do mau atendimento do SUS. Davi, porém, sabia muito bem o que tinha acontecido. Mas como explicar que tinha passado aquele tempo todo jogando em um servidor amaldiçoado de Minecraft? E o pior, Mina ainda poderia estar lá dentro, presa com aquele usuário do Mal! Ele tinha que arrumar um jeito de voltar!

Quando eles chegaram em casa, a mãe o entupiu com as vitaminas e um pratão cheio de comida. Tudo bem, isso Davi não pôde recusar, estava mesmo morrendo de fome. A irmã estava muito chateada e, depois de pedir desculpas pela milionésima vez para a mãe e ser ignorada, trancou-se no quarto. O pai ficou irritado, mas desistiu de tentar convencer a esposa a não ser tão severa com a filha. Davi conhecia muito bem sua mãe: ela era cabeça-dura demais. Toda vez que brigava com alguém, fosse o pai ou os filhos, só sossegava dali a pelo menos um ou dois dias.

Davi comeu depressa, primeiro porque estava com fome, mas também porque a pressa era maior de tentar se conectar no servidor. Mas precisou comer tudo, até a última porção de carne moída, para, enfim, a mãe parar de observá-lo e deixar que ele fosse para o quarto. Ele ficou um tempo sozinho, finalmente, olhando para o teto cheio de estrelinhas que brilhavam no escuro. Precisava dar um jeito de se infiltrar no escritório do pai e usar seu computador.

A solução só apareceu quando todos foram, enfim, dormir. Melissa não saiu do próprio quarto nem para comer. Os pais assistiram à novela e depois ao jornal e, por fim, foram para seu quarto. A mãe, é claro, passou no quarto de Davi antes, dando-lhe um beijo muito longo de boa-noite.

Superacordado como estava, o menino ficou contando os minutos até ter certeza de que todos os barulhos da casa tinham cessado. Finalmente, levantou-se, caminhando na ponta dos pés. Ele se esgueirou para o escritório, encostou a porta e ligou o computador do pai. E lá estava, Minecraft em toda sua glória.

Só que, quando ele abriu o jogo e tentou se conectar no servidor, seu queixo caiu. Havia uma mensagem esperando por ele:

Game Over! Você não pode reaparecer no modo hardcore!

16 – SuperSailorVChan

Estava tudo acabado. Coool_Gunter tinha caído no abismo.

O que poderia ter acontecido com ele?, Mina se perguntava. Ela nem queria pensar. Se quando perdiam vida ali, doía... não. Não! Isso não tinha acontecido!

Estava sozinha agora. Mas precisava se lembrar das últimas palavras do amigo. *Você consegue, Mina. Você consegue vencê-lo.*

Ela se levantou e se virou para Eriol_ClowReed52. Ele sorria.

— Você o matou!

— Claro que não. Ele só não vai mais poder logar nesse servidor. Simples assim. Eu não precisava mais dele. Com você aqui posso sair do jogo.

— Ah, é? E o que você pretende? Me matar também?

Ele riu. A resposta veio com mais um golpe de sua espada, mas dessa vez SuperSailorVChan estava preparada: ela bloqueou o ataque e saiu da zona de perigo, afastando-se do abismo. Ela pescou no inventário sua melhor poção de força e tomou tudo num gole só. Aquele garoto ia ver só uma coisa!

Os dois começaram um duelo PvP. Enquanto SuperSailorVChan o golpeava seguidamente, o usuário retrucava com sua espada. Ela se sentia muito mais forte, e não era só por causa da poção. Não ia deixar nada daquilo barato. Nem o fato de Eriol_ClowReed52 tê-los enganado o tempo todo e muito menos o que fizera com seu amigo!

O mar de Endermen lamentava lá embaixo, seus sons arrepiantes ecoando pela noite escura de Minecraft. O Wither que tinha sobrado ainda soltava suas cabeças horrorosas e por duas vezes SuperSailorVChan teve que saltar para outros blocos, desviando-se delas e das explosões que vinham em seguida. Ela continuava ouvindo o som terrível dos Endermen morrendo lá embaixo, atingidos pelo Wither, mas tentava esquecê-los e se concentrar apenas na PvP com seu oponente maligno.

Mas havia algo muito estranho em tudo aquilo. Apesar de tudo o que tinha dito, apesar de continuar a golpeá-la com sua espada,

Eriol_ClowReed52 não parecia estar dando o melhor de si na batalha. Era como se ele estivesse deixando-a com a vantagem, sempre desviando a espada nos momentos fatais. Estava brincando com ela! Era tudo parte de mais um plano.

— O que você está tentando fazer? — ela perguntou com raiva. — Você nem está tentando me acertar!

Ele riu.

— Vai ver estou com pena de você, garota. Vai ver já foi o suficiente mandar seu amigo pra aquele abismo.

Aquilo já era demais. Uma energia que Mina desconhecia subiu por seu corpo e inundou-a. Era raiva, pura e simples, e tudo o que ela queria era destruir o sorriso indecente daquele estúpido que estava brincando com ela, que tinha machucado seu amigo. Ela sacou em seu inventário as duas poções venenosas que tinha preparado no Nether e atirou com tudo nele, sem se importar com mais nada.

Eriol_ClowReed52 foi atingido em cheio e tombou, caindo sobre os blocos de areia sobre os quais estavam lutando. Ela conseguia enxergar as luzes ao redor dele, que indicavam que estava envenenado. A menos que tivesse um balde de leite à mão e talvez alguma poção de cura, não poderia sair vivo daquilo.

SuperSailorVChan apontou a ponta da espada para ele. Eriol_ClowReed52 apenas devolveu o olhar, ainda deitado na grama, sua vida se esgotando rapidamente.

— Obrigado, SuperSailorVChan. Era disso que eu precisava.

— O que você tá falando? E como você sabia o meu nome?

— Eu procurei vocês nos servidores. Mandei a mensagem pra vocês.

— Você não respondeu minha pergunta!

Ela forçou mais a espada, mas ele não se importou com a ameaça. Parecia calmo, o que a irritou ainda mais. Continuava sorrindo.

— Eu nem sei mais há quanto tempo estou aqui. Estava tão cansado... Tentei de tudo, tudo! Tinha que arrumar um jeito de sair.

— Fazendo isso? Uma armadilha pra gente?

— Era o único jeito... Eu... — A vida dele parecia no fim. — Eu precisava sair daqui. Meus pais... Eles devem estar preocupados.

Foi então que ela percebeu. Ele não ia tentar se curar. Ele nem queria. Tudo o que Eriol_ClowReed52 queria era morrer em Minecraft para...

Para acordar no mundo real.

Mas... E quanto a ela?

A mão de SuperSailorVChan tremeu ao segurar a espada e fazer aquela pergunta final.

— O que vai acontecer comigo?

— Você... Eu sinto... Sinto muito, Mina... Você...

Ele estava começando a desaparecer. Foi então que ela percebeu: precisava curá-lo! Procurou em todo seu inventário, mas não havia nada! Nenhum balde de leite! Ela jogou a poção de cura nele, mas de nada adiantou.

— Você vai ficar aqui, dentro do jogo. Sinto muito.

E então Eriol_ClowReed52 sumiu. Evaporou no ar.

Assim como todos os monstros que tinha evocado. Os Endermen, o Wither...

Todos sumiram.

Só restava SuperSailorVChan.

Sozinha.

Em Far Lands.

Mina gritou.

17 – COOOl_Gunter

Davi não conseguiu dormir. Se era porque já tinha dormido tanto, ou se era porque sua cabeça não parava de pensar em planos e mais planos, ele não sabia. Mas pelo menos tinha servido para alguma coisa toda aquela insônia: no sábado de manhã, quando o dia amanheceu, ele finalmente tinha uma ideia do que fazer.

Era uma ideia maluca e desesperada, mas era melhor que nada. Só que ele precisaria ser muito, muito esperto.

A primeira coisa que fez foi ligar cedinho para André. O amigo conhecia uma das amigas do grupo de Mina na escola, os dois eram amigos desde sempre, do maternal ou coisa parecida.

— Não foi pra escola ontem e hoje resolveu acordar os amigos logo cedo, foi, Davi? — André resmungou, a voz arrastada e irritada de quem tinha acabado de acordar.

— É muito importante, André. Você tem o telefone da Sofia?

— Claro que eu tenho. Mas por que isso agora? Não vai me dizer que você gosta dela, Davi!

— Para de encher, André. Eu só preciso falar com ela por causa de... um trabalho de geografia. É muito, muito importante! E urgente!

— Huuuuum. Mas ela é minha amiga, viu? Seja legal com ela. Não quero que ela fique brava comigo porque passei o telefone.

— Eu juro que é só pra perguntar uma coisa rapidinho.

Depois disso, Davi ligou para a menina. Conseguir arrancar a informação que queria dela foi bem mais difícil. Primeiro, ela detestava Davi. Segundo, ela era muito amiga de Mina e não queria passar o endereço dela de jeito nenhum.

— É questão de vida ou morte!

— Não. Vou desligar.

— Espera! É que... a Minako perdeu o celular dela na natação, eu achei e quero entregar.

— Hum... Sério?

— Sério. Ela já deve ter dito que tô na natação com ela. Eu sempre ganho quando a gente compete.

— Mentira! A Mina é uma ótima nadadora!

— Que seja. Mas eu quero devolver o celular, só isso. Pode me passar o endereço agora?

Finalmente ele conseguiu. Anotou tudo e procurou no Google Maps. Era perto do canal 6. Conseguiria ir rapidinho de bicicleta, se pegasse a ciclovia da praia.

Depois do café da manhã, com um clima um pouco melhor (pelo menos sua mãe falou com Melissa para pedir que pegasse o leite na geladeira), os pais saíram de carro para fazer as compras do mês. Davi deixou que uns dez minutos se passassem e, sorrateiramente, deixou o quarto. Quando estava fechando a porta, o mais silenciosamente que podia, Melissa o surpreendeu:

— O que pensa que tá fazendo, garoto?

— Ai, ai, para de puxar minha orelha! Tá doendo!

— Você vai voltar pro quarto e é agora. Tá maluco, Davi? Onde você pensa que vai sozinho depois da meleca que aconteceu ontem? A mãe me mata! E até o pai também, se eu deixar você sumir desse jeito! Peste!

— Mel, não, você não tá entendendo... É muito importante!

Ela o largou imediatamente. Ele sabia que chamá-la de Mel iria funcionar.

— Davi, o que você tá aprontando? Você quer que o pai e a mãe me odeiem pra sempre?! Eu fiquei muito mal ontem, seu peste. Eu achei que você tinha morrido, caramba!

Melissa então se sentou na cama do irmão, levando as mãos ao rosto, o corpo todo tremendo. Ok, ele não esperava por aquilo. Davi se sentou ao lado dela, assustado, sem saber como agir. Deveria passar a mão nas costas da irmã ou ficar sem fazer nada? O que ele deveria dizer? Caramba, ela estava chorando?!

— Mel, desculpa... É sério, eu não quero que você fique triste. Eu não sabia que você gostava tanto de mim...

Ela finalmente tirou as mãos do rosto e olhou para ele, mas só depois de limpá-las na manga da camiseta de banda que usava.

— Você é meu irmão, Davi. É claro que eu gosto de você.

Ele baixou os olhos, sem graça. Não conseguia olhar para a irmã. Aquele papo sério não combinava com os dois, mas estava acontecendo. Ele também teve que limpar os olhos com a manga do casaco, mas fez isso o mais discreto que pôde. Esperava que a irmã não tivesse notado. Então tomou coragem, respirou fundo e disse:

— Mel, aconteceram umas coisas muito estranhas comigo essa semana. Eu sei que você não vai acreditar, porque eu mesmo não acredito, mas você precisa me ajudar. Tem uma amiga minha em perigo e preciso ajudá-la. Ela não tá nada bem.

Ele mostrou o endereço anotado para a irmã.

— Eu preciso ir na casa dela.

— Ela tá doente ou algo assim?

— Algo assim. Você precisa me ajudar, Mel. É muito importante. Ela precisa de mim, acho que só eu posso ajudá-la agora.

Melissa puxou o papel das mãos do irmão. Ficou olhando dele para Davi, ansiosa, as mãos tremendo, até que, finalmente, disse:

— Se é tão importante pra você... Não é longe daqui, a gente pode pegar um ônibus e vamos voltar antes do pai e a mãe chegarem em casa. Eu vou com você.

Davi abraçou a irmã. Ele nem se lembrava mais de quando fora a última vez que fizera isso e percebia agora que deveria abraçá-la mais vezes.

As mãos de Davi estavam suadas e geladas quando tocaram o interfone do apartamento de Mina. Uma garota atendeu, provavelmente a irmã mais velha dela. Davi sabia que ela tinha uma irmã também, tinha visto a moça algumas vezes buscando-a na natação. Quando ele disse que era um amigo de Minako e precisava vê-la com urgência, a resposta não foi das melhores:

— A minha irmã não tá bem agora... Davi, né? Você pode voltar outra hora?

— Não, por favor, é importante. Eu posso ajudar a Minako a ficar boa.

— O quê?

— É sério, por favor, me deixa subir. Estou com a minha irmã aqui.

A garota do outro lado ficou tanto tempo sem responder, que Melissa disse:

— Vamos embora, Davi. Isso não faz nenhum sentido.

— Não, Melissa! Eu não vou embora!

— Davi...

Foi então que o portão destravou.

— Subam — foi o que a voz da irmã de Mina disse no interfone antes de desligar.

Davi subiu os três lances de escada correndo, enquanto Melissa gritava atrás dele, pedindo que fosse devagar. Quando chegou finalmente ao terceiro andar, uma garota não muito mais velha que a irmã o esperava em frente à porta do apartamento 31, os braços cruzados à frente do corpo. Ela tinha os cabelos pintados de roxo, o que ele acharia muito maneiro se não estivesse tão desesperado.

— Davi, né? — Ela falou de novo, assim que ele parou de frente a ela. Parecia desconfiada. Melissa chegou logo atrás, arfando. — A minha irmã já me falou de você, mas é sempre reclamando.

— É, a gente não se dá... se dava muito bem. Mas a gente jogou Minecraft juntos e... Acabamos ficando amigos.

— Olha, a minha irmã não tá bem. Eu tô tentando acordá-la, mas ela está mal, acho que tá com febre, sei lá. Já chamei o meu pai e a gente vai levá-la ao pronto-socorro assim que ele chegar com o carro. Não vai dar pra você vê-la, Davi.

— Por favor... — foi Melissa quem interveio, e Davi quis abraçar a irmã pela segunda vez no mesmo dia. — Você tem que ouvir meu irmão. Ele tá desesperado e, além do mais, ele também ficou assim como você disse ontem mesmo. A gente o levou no pronto-socorro, foi do mesmo jeito. Eu vi. Ele simplesmente não acordava!

Os olhos da irmã de Mina se arregalaram.

— Você disse que vocês estavam o quê? Jogando juntos?

— É! Olha, eu não sei explicar, sei que é muito doido e você não vai acreditar, mas a gente estava preso no jogo. Eu consegui sair, mas acho que é por isso que a Mina não consegue acordar. Ela tá presa lá!

De repente, um brilho de compreensão pareceu passar pelos olhos da moça. Ela abriu a porta para eles e disse simplesmente:

— Entrem, depressa.

A moça, que se chamava Megan (ela se apresentou, assim que entraram), conduziu-os pelo apartamento até um quarto que, pelo jeito que era decorado, parecia ser o dela. Não havia nada que o denunciasse como o quarto de uma menina de doze anos e, no entanto, Mina estava deitada na cama. Parecia estar dormindo, mas Davi sabia que não era verdade.

Era estranho vê-la ali, de verdade, fora do jogo. Era muito diferente de vê-la na escola. Ele não via apenas a menina que estudava e fazia natação com ele, mas sim SuperSailorVChan, sua amiga e parceira de aventuras em Minecraft.

— Era assim mesmo que meu irmão estava ontem, quando o encontrei — Melissa disse para Megan, assustada. — Mas ele acordou sozinho depois, quando estávamos indo para o pronto-socorro. O médico não conseguiu encontrar nada estranho nele.

Megan não respondeu. Ela mordia o lábio, apenas olhando fixamente para a irmã, até que, do nada, se virou para Davi e disse:

— Eu acredito em você. Tem coisas que acontecem na vida da gente que não dá pra explicar. Se você sabe como ajudar minha irmã, faça, por favor!

Davi assentiu, sério.

— Onde está o computador em que ela joga Minecraft?

— É esse aqui, o meu. Está até ligado, pode mexer.

Davi se sentou na cadeira, ao mesmo tempo empolgado e terrificado. Era uma ideia tão simples que parecia boba agora que ele ia realmente levar o plano até o fim. E se não funcionasse? E se Mina ficasse presa no jogo para sempre?

Não posso falhar. Preciso ajudá-la. Heróis não fogem. Amigos não abandonam uns aos outros.

Ele não podia pensar daquele jeito. Tinha que dar certo! Mina o tinha ajudado durante o jogo inteiro. Era sua vez de ajudá-la agora. Ele estalou os dedos, segurou o mouse e abriu o Minecraft, que estava apenas minimizado. E lá estava: o servidor aberto, e pela primeira vez em dias, Davi via o jogo através da tela, e não dentro dele.

A câmera estava em terceira pessoa e ele via SuperSailorVChan claramente. Ela estava acordando, levantando da cama, dentro de um pequeno abrigo, provavelmente tentando voltar para casa. Não estava funcionando. Depois disso, frustrada, começou a caminhar a esmo em Far Lands, minerando e testando itens do jogo, desesperada. Davi, apesar de ver tudo, não conseguia controlar o jogo; era como se tudo funcionasse sozinho, num filme assustador.

Só havia uma coisa que ele podia fazer.

Com o coração saltando pela boca e as mãos suando de medo, Davi apertou ESC no teclado e depois levou o cursor do mouse ao botão "Sair para a tela principal".

Ele fechou os olhos, rezando para que desse certo.

E se Mina ficasse presa para sempre? E se ela nunca mais acordasse? E se, fazendo aquilo, Davi tivesse estragado tudo, acabado de uma vez por todas com a última chance de Mina deixar o jogo e voltar a abrir os olhos?

Por favor, por favor, Mina, acorde. Volte.

Vários minutos angustiantes se passaram. Quando finalmente ele teve coragem de abrir os olhos, arrasado, viu a irmã de Mina levar as mãos ao rosto, lágrimas escorrendo por suas bochechas.

— Mina! — Megan gritou, correndo para a irmã e praticamente se jogando em cima dela num abraço apertado.

Davi nem tinha percebido que tinha prendido a respiração até que sentiu o ar deixando seus pulmões e o alívio escorrendo por suas pernas feitas de geleia. Ainda bem que ele estava sentado, ou tinha certeza de que cairia feito um saco de batatas bem ali no meio do quarto.

— Meg... Você tá me sufocando!

Melissa olhou das duas irmãs abraçadas para o próprio irmão, assombrada.

— Caramba, Davi, você conseguiu!

E, logo, ele também se viu sufocado no abraço da própria irmã. Davi a abraçou de volta, perfeitamente feliz. Ele olhou para Mina e viu que ela o observava por cima dos ombros da irmã. Eles sorriram um para o outro.

18 – SuperSailorVChan e COOOl_Gunter

Foi preciso muitas explicações, tanto para Megan, quanto para a irmã de Davi, Melissa. Os quatro se sentaram ao redor da mesa, e Megan preparou um lanche para todos. Mina estava completamente faminta, e Davi comeu tanto que a irmã fechou a cara para ele:

— Que coisa feia, moleque! Come direito!

Mas Megan, sorrindo, apenas disse:

— Eu tinha um amigo que era tão comilão quanto você, Davi. Ele era muito legal. Pode comer à vontade.

Mina e Davi se revezaram explicando às irmãs o que tinha acontecido dentro do mundo de Minecraft. Melissa, a princípio, não queria acreditar, disse que era tudo um papo muito pirado e que os dois tiveram um sonho bizarro ou estavam pregando algum tipo de peça nelas. Mas Megan, para o alívio de Mina, acreditou em tudo. Ela parecia meio misteriosa às vezes, e Mina desconfiava que Megan também tivesse seus próprios segredos e aventuras. Talvez um dia ela os descobrisse também. Por hora, bastava que a irmã acreditasse nela.

Seu pai, Renato, chegou algum tempo depois, sem fôlego. Megan já tinha ligado para ele e avisado que Mina tinha acordado, mas o pai estava morrendo de preocupação mesmo assim, é claro. Foi nesse momento que Melissa e Davi foram embora. A irmã de Davi parecia meio desesperada, repetindo sem parar que os pais iam matá-la. Davi, pelo contrário, estava muito contente e aliviado, e Mina disse a ele, na porta, que o encontraria na escola na segunda-feira.

O domingo à noite, aliás, pareceu chegar muito depressa. Mina estava superpreocupada em como seria encontrar Davi na escola a partir de agora. Quer dizer, não podia ser a mesma coisa, não é? Eles tinham vivido tudo aquilo juntos e, no final, se não fosse por ele, talvez ela ainda estivesse lá, presa naquele jogo.

Ela ficou pensando por muito tempo no que Eriol_ClowReed52 dissera antes de morrer, ou melhor, de finalmente se desconectar do Servidor do Mal, como eles o chamavam agora. Quem será que ele era no mundo real? Será que algum dia ela ou Davi descobririam?

Megan apareceu no seu quarto antes que Mina pegasse no sono e se sentou na beirada da sua cama.

— Você pode dormir, Mina. Vai ficar tudo bem.

— Eu sei.

Megan acariciou seu cabelo, bagunçando-o, e beijou o topo de sua testa. Quando ela fazia isso, Mina às vezes imaginava que devia ser parecido com o beijo de sua mãe, se ela ainda estivesse viva. Megan às vezes dizia que, quando ela e Mina estavam juntas, era como se sua mãe estivesse de volta.

— Eu te amo, Mina.

— Eu também te amo, Meg.

Era verdade.

Davi torcia as mãos, enrolando as alças da mochila. Ele estava no pátio, ouvindo André tagarelar sobre algum vídeo bobo que tinha visto no Youtube. Mas Davi não conseguia prestar atenção, ficava olhando toda hora para o portão, tentando encontrar Mina com os olhos.

Como seria encontrá-la de novo? Fora tudo muito esquisito no sábado, quando ele a tinha desconectado do servidor e eles tiveram que dar mil explicações às suas irmãs. Eles não ficaram sozinhos para conversar em nenhum momento. Como seria agora? Dentro do jogo, eles tinham se tornado amigos. Será que ainda seriam amigos fora do Minecraft?

— Davi, eu vou subindo pra sala. Preciso terminar o exercício de equações pra primeira aula. Você fez, aliás?

— Fiz — e entregou o caderno para o amigo, tudo para se livrar dele. — Toma, pode copiar.

— Beleza, cara! Valeu!

Foi uns cinco minutos depois que André tinha subido que Mina chegou. O pai dela a levou até a porta da escola. Davi se aproximou e pôde ver que ela estava reclamando com o pai por causa disso. Pais, sempre preocupados. A mãe de Davi também tinha feito questão de deixá-lo na porta, por isso ele tinha chegado tão cedo na escola. Ele esperou a garota passar pela catraca e, então, ela o viu.

E sorriu.

Foi automático. Estranho, mas Davi não pôde evitar. Um correu até o outro, rindo, absolutamente felizes por estarem ali, de volta, fora do servidor maligno de Minecraft.

Mas, então, pararam de repente.

Algo fez Davi parar. Algo bem no meio do seu estômago.

Mina ficou vermelha e estendeu a mão direita, dura como um robô.

Davi a apertou.

Os dois sorriram, apesar de estarem muito sem graça.

— Amigos? — Ela perguntou, ansiosa.

E então Davi respondeu, com toda a certeza do mundo:

— Amigos.

Este livro foi impresso em papel pólen bold na
Renovagraf em julho de 2016.